www.mayabooks.co.kr

www.mayabooks.co.kr

갓 오브 블랙필드

갓 오브 블랙필드 ❾

지은이 | MJ STORY 무장
펴낸이 | 권순남
펴낸곳 | (주)마야 · 마루출판사

등록 | 2008. 1. 7(제310-2008-00001호)

초판 2쇄 인쇄 | 2020. 11. 24
초판 2쇄 발행 | 2020. 11. 27

주소 | 서울특별시 노원구 동일로237가길 17, 신영산업 BD 602호
대표전화 | 02-2091-0291
팩스 | 02-2091-0290
이메일 | marubooks@mayabooks.co.kr

ISBN | 978-89-280-3314-0(세트) / 978-89-280-5601-9
정가 | 8,000원

잘못된 책은 교환하여 드립니다.
저자와 협의하여 인지를 붙이지 않습니다.

「이 도서의 국립중앙도서관 출판시도서목록(CIP)은 서지정보유통지원시스템 홈페이지(http://seoji.nl.go.kr)와 국가자료공동목록시스템(http://www.nl.go.kr/kolisnet)에서 이용하실 수 있습니다.」
(CIP제어번호:CIP2015002564)

갓 오브 블랙필드 9

MAYA&MARU MODERN FANTASY STORY
MJ STORY 무장 현대 판타지 장편소설

마야&마루

목차

제1장. 죽음을 각오하고라도 …007
제2장. 정체가 뭡니까? …049
제3장. 어떻게 된 거야? …087
제4장. 작전의 목표는 …123
제5장. 행운을 빕니다 …161
제6장. 보고 싶었어 …197
제7장. 뒤처리 …233
제8장. 보고 배운다 …269

제1장

죽음을 각오하고라도

GOD
OF
BLACKFIELD

 헬멧과 방탄조끼를 착용하고 무전기까지 걸고 났을 때, 부관이 딱딱하게 굳은 얼굴로 탄통을 들고 나왔다.
 덜컥. 덜컥.
 탄통이 바닥에 내려앉는 소리가 심장에 얹히는 느낌이었다.
 철컥.
 소총에서 탄창을 분리한 강찬이 먼저 탄알을 채워 넣었다.
 9밀리 탄알의 끝이 대검보다 날카로워 보였다.
 철컥!
 탄창을 꽂아 넣은 강찬이 총구를 아래로 향하게 한 후, 다시 여분의 탄창에 탄알을 채워 넣었다.

　석강호가 움직였고, 누구라고 할 것 없이 달려들어 탄알을 채웠다.

　한겨울의 바람처럼 차디찬 긴장감이 막사 앞을 맴돌았다.

"권총 실탄도 주십시오."

　강찬의 요구에 최성곤이 고개를 끄덕였다.

　입을 열지는 않았지만, 그의 복잡한 심경이 눈빛에 고스란히 담겨 있었다.

　부관이 다시 탄통을 들고 나왔다.

　철컥! 철컥!

　강찬이 노리쇠를 당겨 탄알을 장전하는 순간이다.

　손만 뻗으면 뚝 하고 끊어질 것처럼 팽팽한 긴장감이 사방에 가득했다.

　부르릉!

　화이트크로스를 새긴 군용 구급차가 연달아 들어왔다.

　와다닥!

　앞문과 뒷문에서 군의관과 위생병, 간호장교까지 당황한 얼굴로 차에서 내렸다.

　군의관이 빠르게 달려 나와 최성곤에게 경례했다.

"실탄 훈련이다. 사망자가 발생할 수 있으니 대기해라."

"예에?"

"막사 안에 치료 시설을 갖춰!"

야전에서 잔뼈가 굵은 최성곤의 눈빛에 군의관이 서둘러 움직였다.

준비는 끝났다.

강찬은 막사 앞의 계단으로 올라갔다.

"연사는 없다. 무조건 1점사로 바꾼다. 부상자가 나오면 발사한 대원이 부축해서 막사로 복귀한다. 1조!"

8명이 빠르게 강찬의 앞으로 나왔다.

차동균이 가장 앞에 있었다.

"2조!"

이번에는 11명이 빠르게 달려 나왔다.

"1조는 내가 지휘하고, 2조는 석강호가 지휘한다."

2조 대원들이 빠르게 석강호를 확인했다.

"나머지 대원들이 점령군이다. 김태진 대표님과 서상현 이사의 지휘를 받도록! 1조와 2조의 목표는!"

강찬이 대원들을 먼저 차례로 둘러본 다음 입을 열었다.

"점령군 전원 사살이다."

김태진이 나직하게 숨을 내쉬었다.

"점령군이 먼저 출발! 1조와 2조는 20분 뒤에 출발한다. 질문?"

"건물에 숨어도 되나?"

김태진이 바로 입을 열었다.

"당연합니다."

죽음을 각오하고라도 • 11

"시간이 많이 걸릴 텐데?"

"대원들의 능력을 보는 훈련입니다. 12명이 남을 때까지 진행하겠습니다. 끝까지 한 발도 발사하지 못한 대원은 무조건 탈락입니다."

최성곤이 혼잣말처럼 '미치겠군.' 하는 말을 뱉고는 빠르게 눈치를 살폈다.

"점령군 출발하십시오."

오전 8시 근처였다.

무전기 주파수를 확인한 김태진과 점령군이 트럭과 지프를 타고 출발했다.

대원들보다 최성곤, 그리고 그보다 부관과 군의관이 더 긴장한 얼굴이었다.

※ ※ ※

"여기 선임이 누군가?"

"곽철호 중위입니다. 제가 이곳의 선임입니다."

차에서 내려 모형 도시에 들어선 김태진의 질문에 곽철호가 답을 했다.

"그럼 이제부터 자네가 지휘해."

"그래도 되겠습니까?"

"실전이다. 누구든 죽을 수 있는 실전! 감이 떨어진 나보다 자네 같은 현역이 지휘하는 게 맞다. 이왕 시작한 작전이라면 이기고 보자."

곽철호가 의아한 눈으로 김태진을 보았다.

오래전에 전역한 비무장지대의 전설이 왜 이렇게까지 하는지 이해하지 못하고 있는 게 분명했다.

"곽 중위."

"말씀하십시오."

"자네들이 경험을 쌓는 데 도움이 된다면 난 기쁘게 죽겠다."

"알겠습니다."

곽철호가 이를 꽉 깨물고 뒤로 돌아섰다.

"들었나!"

"예!"

"누가 죽든 한번 해 보자! 갓 오브 블랙필드에게! 여기 계신 우리의 전설에게! 대한민국 특수팀의 능력을 보인다. 우리의 구호!"

"나의 피로 국가를 지킬 수 있다면! 나는 행복하다!"

"좋아! 세 팀으로 나눈다. 장광직!"

"소위 장광직!"

"3층 건물을 점거하고 진입과 동시에 적을 사살한다!"

장광직이 뒤로 돌아서 10명을 호출한 뒤 빠르게 달려 나갔다.

"하정국!"

"중사 하정국!"

"뒤편에 보이는 건물로 들어가서 엄호한다!"

"알겠습니다!"

하정국이 또다시 10명을 데리고 앞에 보이는 2층 건물로 달려 올라갔다.

지휘를 마친 곽철호가 김태진을 돌아보았다.

"선배님! 저쪽의 건물을 거점으로 삼겠습니다."

"자네가 지휘관이라니까!"

"감사합니다. 그렇다면 두 분이 대원 둘과 이곳 옥상을 맡아 주십시오."

"알았다. 가자!"

김태진과 서상현이 대원 둘과 달려 나갔다.

"정말 이걸 하실 생각입니까?"

계단을 뛰어 올라가며 서상현이 던진 질문이었다.

"곽철호 중위가 우릴 옥상에 따로 뺀 이유는 알겠지?"

"빠져 있으란 뜻 아닙니까?"

콰당!

옥탑 방처럼 불쑥 올라 있는 옥상의 문을 거칠게 연 김태진이 진입로가 보이는 벽에 등을 기대고 바닥에 주저앉았다.

"이렇게 긴장되는 게 얼마 만인지도 모르겠군."

"미친 짓입니다."

김태진도 같은 생각인 것처럼 실없는 웃음을 터트렸다.

"이런 생각을 할 줄 정말 몰랐다. 실탄을 이용한 훈련이라니."

"미친 짓이라니까요. 팔다리에 총탄을 잘못 맞으면 퇴역해야 하는 데다, 아차 하면 얼굴을 뚫립니다."

김태진은 서상현을 향해 시선을 돌렸다.

"아까 대원들 얼굴 봤지?"

"완전히 전쟁터 나가는 얼굴이던데요?"

"그래! 강찬이 노린 게 아마 그런 걸 거다. 총알이 얼굴에 박히면 강찬도 죽어. 그런 걸 몰라서 이런 훈련을 하겠냐? 난 지금 눈물이 날 만큼 고맙다."

"아까 우셨습니다."

김태진이 멋쩍게 웃을 때였다.

위이잉. 위이잉. 위이잉.

훈련을 알리는 사이렌이 모형 도시에 울려 나왔다.

"미치겠네, 정말!"

"후우, 죽여주는군."

김태진이 자신의 헬멧을 세차게 때렸다.

[뭐? 실탄 훈련?]

"예. 군의관까지 모두 준비했지만, 불의의 사고가 발생할 수 있습니다."

최성곤은 허리띠에 왼손을 걸치고 막사 앞에 있었다.

"이 훈련 때문에 문제가 생기면 제가 옷을 벗겠습니다. 대신 부상당하거나 혹시라도 잘못되는 대원들이 나오면 국가가 외면하지 않게 도와주십시오."

[알았다. 국가정보원 원장과 통화해서 반드시 그렇게 하마.]

"고맙습니다, 실장님."

[상황은?]

"지금 막 출발했습니다."

[분위기는?]

"실전을 방불케 합니다. 대원들의 눈빛을 보고 나자 말릴 수가 없었습니다."

[우리가 가르친 놈들이다. 믿자. 믿어 보자.]

"이렇게까지 하고 선제공격 못하면 제가 무슨 짓을 할지 모릅니다."

[알았다.]

전대극의 답을 끝으로 통화가 끝났다.

최성곤이 왼손을 들어 거칠게 얼굴을 쓸었다.

⚜   ⚜   ⚜

100미터를 걸어서 가는 데 5분가량이 소요됐다.

산길을 돌면 모형 도시가 나오는 장소다.

"차동균, 산을 타고 넘어서 증권사 뒤편으로 진입하려면 시간이 얼마나 걸리지?"

차동균이 놀란 얼굴로 강찬을 보고는 바로 입을 열었다.

"훈련 코스가 따로 있으니까 대략 20분이면 됩니다."

강찬이 석강호를 보았다.

"내가 뒤로 돌아간다. 이곳에서 대기하다가 모형 도시로 진입할 시간에 작전 시작해."

"알았소."

강찬이 눈짓을 하자 차동균이 산을 향해 움직였다.

"경계 2명 세우고 나머지는 휴식."

석강호의 말을 끝으로 강찬도 산으로 들어섰다.

왼편은 오르막, 오른쪽 아래로 드문드문 모형 도시가 보였다.

경계 자세는 훌륭했다.

달릴 때 짐작했던 대로 엄청난 훈련량을 통해 몸에 익은 자세였다.

15분쯤 걷자 실제로 모형 도시로 진입하는 진입로가 보였다.

"정지."

강찬의 말에 차동균이 빠르게 뒤를 돌아보았다.

좌우를 빠르게 돌아본 강찬은 검지와 중지를 입에 세운 다음, 대원들 하나씩의 자리를 지정해 주었다.

소리 내지 말라는 의미는 알아들었다.

대원들이 빠르고 조용하게 위치를 잡았다.

강찬은 날카롭게 진입로를 살폈다.

느낌이 좋지 않았다. 누군가가 매복해 있을 확률이 높았다.

바로 내려갈 구석을 살핀 강찬은 차동균을 손짓으로 불렀다.

"앞에 매복이 있을 확률이 높아. 이대로 산에서 내려간다."

"알았습니다."

속삭이듯 답을 한 차동균의 답이다.

강찬은 곧바로 나무를 의지해 산을 내려갔다.

부스럭. 부스럭.

무성한 풀과 쌓인 낙엽들 때문에 더 이상 소리를 죽일 방법은 없었다.

거리는 20미터쯤 됐다.

모형 도시의 외곽 도로에 잠입한 강찬은 검지를 들어 앞을 가리켰고, 대원들이 한 명씩 조심스럽게 아래로 내려왔다.

⚜ ⚜ ⚜

"시간이 너무 오래 걸립니다."
"대기해!"
곽철호는 이를 꽉 깨물었다. 거짓말처럼 손에 땀이 찼다.
'이런 걸 말한 건가?'
대원들 얼굴에도 분명하게 긴장감이 묻어 있었다.
곽철호가 입구를 노려볼 때였다.
푸슉! 푸슉!
"억!"
2발의 총소리와 동시에 비명이 터져 나왔다!
본능적으로 고개가 홱 돌아갔다.
실탄이다!
어떤 미친놈이!
대원의 놀란 얼굴을 보며 곽철호는 이를 더 꽉 깨물었다.

⚜ ⚜ ⚜

"시작했나 봅니다!"
서상현의 다급한 속삭임에 김태진은 벽에 기댔던 자세를 돌려 주변을 살폈다.
그때였다.

푸슝! 파악!

그가 의지했던 옥상의 담벼락이 총을 맞고 커다랗게 파였다.

와락!

김태진은 급하게 몸을 처박았다.

"하아! 미치겠네!"

서상현이 김태진의 속마음을 대신 표현했다.

⚜   ⚜   ⚜

차동균은 얼이 나갈 지경이었다.

그뿐만이 아니다.

대원들은 물론이고, 어제 충분히 경험했던 최종일까지 넋이 나간 얼굴이었다.

점령군의 경계병 둘을 발견한 순간, 강찬은 달려 나가면서 총을 쏘았다.

방탄복을 입었다. 그런데도 경계병 둘은 누군가 뒷덜미를 잡아챈 것처럼 뒤로 자빠졌다.

목이나 사타구니, 허벅지에 맞으면 어쩌려고!

달려 나가면서 쐈다.

저렇게 자신 있다는 건가?

차동균이 빠르게 최종일을 보았다.

실탄 훈련!
차동균은 처음으로 손가락이 떨렸다.
적이라면, 정말 적이라면 이렇게 떨리지 않을 거다.

⚜   ⚜   ⚜

석강호가 잡아먹을 것처럼 대원들을 노려보았다.
"너하고 넌 돌아가!"
엄호 사격을 안 한 대원과 달려 나가기로 했던 대원을 향해 석강호가 으르렁거렸다.
"한 번 더 기회를 주십시오!"
"돌아가, 이 개새끼들아! 너희 같은 새끼 때문에 나머지가 정말 죽을 수도 있어!"
"다시는 물러나지 않겠습니다. 기회를 주십시오!"
석강호가 이를 꽉 깨물고 대원을 노려보았다.
"대장이 뭐가 아쉬워서 이런 개 같은 훈련을 하는지 잘 생각해 봐! 어떤 사람도 얼굴에 총알이 박히면 죽는 훈련이다! 이런 걸 해서 대장과 내게 손톱만큼이라도 득이 될 게 있을 것 같나? 지금부터 명령에 따르지 않는 놈은 누구든 그 자리에서 돌려보낸다."
대원들이 이를 악물었다.
"거점 확인해!"

용서를 빌었던 대원이 목표를 확인한 순간이었다.

"엄호!"

석강호가 불쑥 몸을 내밀고 건물의 옥상을 겨눴다.

푸슝! 푸슝! 푸슝! 푸슝!

와다닥!

⚜   ⚜   ⚜

퍽! 퍽! 퍽! 퍽!

옥상이 비명을 지르며 시멘트 가루를 뿜어냈다.

"아하하하!"

서상현이 뱉어 낸 처절한 웃음이었다.

김태진은 다른 2명의 대원을 보았다.

"응사한다."

대원들의 얼굴에 담긴 팽팽한 긴장감을 보며 김태진은 이 훈련의 의미를 확실하게 알 수 있었다.

와락!

푸슝! 푸슝! 푸슝!

털썩.

반사적으로 총을 쏜 김태진이 담벼락 아래로 몸을 숨겼다.

목표?

그냥 산에다 쐈다.
하지만 이렇게라도 대원들을 일깨워야 한다.
총탄에 이마가 뚫릴 수도 있고, 목이 터질 수도 있다.
'용기를 내라. 우리가 못나서 너희를 이렇게 만들었다.'
와락!
푸슝! 푸슝! 픽! 픽!
2발을 쐈을 때 담벼락에 총알이 박혔다.
"헉헉!"
김태진은 가쁜 숨을 내쉬었다. 그러면서 눈 끝으로 웃었다.
대원 둘의 얼굴에 담긴 각오를 보았다.
'고맙다. 이렇게라도 성장해 다오.'
그는 문득 강찬의 얼굴을 떠올렸다.
어쩌면 평생 간직했던 바람이 이루어질지 모른다.

⚜   ⚜   ⚜

푸슝!
"어억!"
털썩.
강찬의 손짓에 최종일이 달려가 그의 곁에 붙었다.
마른침이 꿀꺽 넘어갔다.

뒤에서 잡아챈 것처럼 날아간 대원은 아직 일어나지 못했다. 그 와중에 강찬은 손짓으로 대원들을 이끌고 있었다.

아직 강찬을 제외하고 누구도 총을 쏘지 못했다.

이러면 의미가 없는 건데?

순간, 최종일은 등골이 서늘했다.

한 발도 못 쏜 대원은 무조건 탈락이다.

최종일은 김형정, 김태진, 그리고 전대극의 좌절을 누구보다 가까이서 봤다.

작전을 준비하고 포기할 수밖에 없어서 울분을 터트린 것만 세 번이 넘는다.

'간다! 나는 갈 거다!'

강찬이 노리는 곳이 어딘지 안다.

철컥!

무언가 움직이는 것을 본 최종일이 재빨리 소총을 겨눴다.

푸슝! 퍼억!

"끄아!"

털썩.

"헉헉!"

그러나 실제로 총을 쏜 것은 강찬이었다.

방아쇠를 당기지 못했다. 겁이 났다.

피식.

강찬이 최종일을 보며 보인 웃음이었다.

'이 정도 실력이었나?'

최종일은 견딜 수 없이 자존심이 상했다.

"보내 주십시오."

말을 하지 말라고 했지만, 견딜 수가 없었다.

총을 맞는 것보다 아군을 향해 방아쇠를 당기는 게 겁이 난 거 맞다.

하지만 강찬처럼은 아니더라도 적어도 방탄복은 맞춰야 했다.

강찬이 고개를 끄덕이며 손가락으로 거점을 지시했다. 그러고는 손가락을 세워 숫자를 셌다.

하나, 둘!

푸슝! 푸슝!

와다닥.

피융! 퍽!

최종일이 목표했던 거점을 향해 뛰는 동안 엄호사격이 있었고, 점령군의 대응 사격도 있었다.

저쪽에서도 드디어 방아쇠를 당긴 사람이 생겼다.

최종일은 차라리 마음이 편해졌다.

차동균이 강찬에게 자신을 내보내 달라는 뜻을 전하는 것이 보였다.

'ㅎㅎㅎㅎ.'

이상하게 웃음이 나왔다.

⚜ ⚜ ⚜

푸슝! 퍼억!
"끄아아!"
석강호가 이끄는 2조 대원 하나가 허벅지를 감싸며 바닥에 엎어졌다.
그가 쓰러진 주변의 흙이 삽시간에 붉게 물들었다.
치잇.
"지금 사격한 대원은 빨리 부상자 후송하도록!"
치잇.
[알았다. 내려간다.]
석강호의 무전에 김태진이 대답했다.
이 무전은 전 대원이 다 듣는다.

⚜ ⚜ ⚜

"이런, 이 씨-!"
무전을 듣던 최성곤이 탁자를 내리치며 욕을 꿀꺽 삼켰다.
유리 재떨이가 벌써 반쯤 찰 만큼 담배를 물고 있던 참이다.

"후송차는?"

"군의관이 입구에서 대기하고 있습니다."

어디를 맞았는지 모른다.

얼마나 다쳤는지도 모른다.

"염병할!"

친자식을 제대로 돌볼 시간이 없을 만큼, 새끼처럼 끼고 돌던 놈들이다.

너희가 이 나라를 지탱하는 힘이라고!

세계 어디에 내놓아도 절대 빠지지 않을 거라고!

그렇게 믿었고, 그렇게 말해 버릇했었다.

최성곤은 답답한 가슴을 누르지 못하고 막사를 나섰다.

'견뎌라! 너희가 대한민국 특수팀의 역사를 새로 쓰는 거다.'

거친 엔진 소리가 다가오며, 산길에서 먼지가 피어올랐다.

"얼마나 다친 거야!"

최성곤은 멀리 보이는 화이트크로스 차량을 향해 악을 썼다.

⚜   ⚜   ⚜

푸슝! 푸슝! 푸슝!

2조 대원들은 완전히 눈이 돌아간 것처럼 보였다.

동료가 동료의 총에 맞은 건데, 마치 적군의 총에 쓰러진 것처럼 악착스럽게 총을 쏘아 대고 있었다.

와다닥!

긴장해서 딱딱하게 굳었던 몸도 풀렸다.

털썩!

달려 나간 대원이 그대로 엎어지며 소총을 겨눈다.

히죽!

석강호는 만족한 표정으로 대원을 보았다.

⚜   ⚜   ⚜

건물 안에 점령군이 있다.

인원은 알기 어려웠지만, 1조는 완벽하게 건물 정문을 막아서고 있었다.

강찬은 손가락으로 자신의 위치를 가리켰다.

포위할 계획인 것을 대원들 모두 알았다.

푸슝! 푸슝!

피이잉! 피잉! 파악! 팍!

완벽한 시가전이었다.

몸을 숨긴 벽이 부서지며 시멘트 가루가 허공에 피어났다.

무전으로 모두 들었다.

건물 입구에서 그림자가 어른거리는 순간이었다.

푸슉! 터엉!

입구 대원의 고개가 뒤로 홱 젖혀지며 그대로 뒤로 넘어갔다.

'이 사람은 사람이 아니야.'

차동균은 자신의 생각이 어디가 틀렸는지도 몰랐다.

입구 안쪽은 어두워서 형체도 제대로 보이지 않는다. 그런데도 강찬은 헬멧을 맞췄다.

거리는 20미터.

훈련이고, 시간을 준다면 차동균도 맞출 자신이 있다.

그런데 자리를 지시하다가 말고 불쑥 일어나 쐈다.

피융! 피융! 피융! 피융!

건물 안에서 악에 받친 것처럼 총을 쏴 대고 있었다.

어떡할래?

강찬의 눈이 묻고 있었다.

'할 겁니다. 해낼 겁니다.'

물러서고 싶지 않았다.

저런 실력이 실전에서 나온다면!

대원의 절반이 죽어 나갈 정도로 처절한 작전과 전투에서 나오는 거라면 죽음을 각오하고라도 배울 거다!

씨익.

강찬이 처음으로 보여 준 미소였다.
차동균은 강찬이 가리킨 지점을 노려보았다.

⚜   ⚜   ⚜

치잇.
[팔에 맞았다. 발사한 대원은 빨리 후송해라!]
치잇.
[진입로, 허벅지다! 대원 후송해라!]
치잇.
[기절했다! 후송 바란다!]
막사 안에 연달아 들려온 무전이다.
군의관이 빠르게 최성곤을 보았다가 그대로 달려 나갔다.
위생병 넷은 팔과 손이 온통 피투성이였고, 간이 침상의 대원 한 명은 이제 겨우 의식을 차렸다.
간호장교가 혈액을 바꿔 달며 최성곤을 바라보았다.
터진 혈관을 억지로 묶어 놨기 때문에 시간이 지체되면 절단해야 할지 모른다.
"이 새끼들은 뭐하느라고 이렇게 늦는 거야!"
최성곤이 성질에 못 이겨 거친 숨을 내쉴 때, 구급차의 엔진음이 먼저 들리고 헬리콥터 소리가 그 뒤를 따라 들려왔다.

"왔다! 이송 준비해!"

부르릉! 끼익!

부상을 입혀서 함께 철수했던 대원들이 밖으로 뛰어나갔다.

팔과 허벅지가 피범벅인 대원이 둘, 의식을 찾지 못한 대원 한 명이 들것에 실려 막사로 들어왔다.

"관통했어! 지혈 준비해!"

검붉은 피로 물든 군의관의 위생복이 현재 상황을 잘 말해 주고 있었다.

두두두두두.

"여기 있는 환자 모두 후송해! 네가 따라가! 가면서 상황 보고하고!"

"알겠습니다!"

위생병이 대답할 때, 깨질 것처럼 흔들리는 막사 유리창으로 거세게 흙먼지가 날아왔다.

대원들이 달려들어 들것에 부상자를 실어서 움직이는 동안, 군의관은 위생병을 밀쳐 내고 기절한 대원의 가슴을 거칠게 눌렀다.

"미쳤어! 미친 거야!"

"커헉! 허억! 허억!"

"헉헉!"

대원의 호흡이 돌아오자 군의관이 가까이 있는 의자에 털썩 주저앉았다.

 헬기 소리, 피투성이가 된 대원들, 넋이 나간 군의관.

 전쟁터가 따로 없었다.

 따르르릉. 따르르릉. 따르르릉.

 "통신 보안! 37훈련소입니다! 예! 예! 알겠습니다!"

 힐끔 시선을 돌리자, 부관이 당황한 얼굴로 수화기를 앞으로 내밀었다.

 이 훈련장은 가짜 위치를 대고, 직위와 직책을 말하지 않는 곳이다. 그 정도로 보안에 신경 쓰기 때문에 전화가 오는 일은 극히 드물다.

 혹시 정말 특수팀이 필요한 상황이 발생한 거라면?

 "누구야?"

 "청와대랍니다."

 "뭐?"

 최성곤이 얼른 수화기를 귀에 댔다.

 "최성곤입니다."

 [최 장군, 나 문재현입니다.]

 "충성! 준장 최성곤입니다!"

 군의관과 간호장교, 그리고 위생병이 무슨 일인가 하는 시선을 주었다.

 그사이 헬리콥터가 이륙했고, 들것을 움직였던 대원들이 막사로 들어오고 있었다.

[특별한 훈련을 한다고 들었습니다. 내가 부족해서 우리 군이 남들은 하지 않는 훈련을 합니다. 왜 하는지 나는 몰라야 합니다. 그래야 대한민국을 지킬 수 있습니다. 하지만 장군, 어떤 일이 있더라도 내 책임이고, 내 자리를 걸고 장군과 대원들을 지키겠습니다.]

최성곤이 이를 꽉 깨물며 창밖으로 시선을 돌렸다.

[고맙습니다. 대원들에게 진심으로 미안하고, 고맙다고 전해 주세요. 대통령이면서, 대한민국을 사랑하는 남자로 전하는 말입니다.]

"알겠습니다."

왜 그런지 최성곤은 목이 멨다.

이 전쟁 같은 훈련을 알아주는 사람이 있다는 사실이, 이런 상황을 이해해 주는 누군가가 있다는 사실이 그의 가슴을 뜨겁게 만들고 있었다.

[혹시 필요한 지원이 있다면 전 실장이 편한 것 같으니까, 그리 연락하세요.]

"이미 모든 지원을 받고 있습니다."

치잇.

[부상! 서둘러 후송해!]

치잇.

"알았다!"

군의관과 위생병, 그리고 대원들이 총알을 피하는 것처

럼 튀어 나갔다.

[장군, 그럼 부탁합니다.]

무전을 들었는지 문재현이 서둘러 전화를 끊으려 했다.

"각하."

[말씀하세요.]

"나의 피로 국가를 지킬 수 있다면, 나는 행복하다."

[우리 특수팀 구호지요? 장군이 사람 울리는 재주가 있는 줄은 몰랐습니다. 그럼… 나중에… 또 연락하겠습니다.]

전화가 끊겼다.

이게 맞는지, 잘하는 짓인지는 몰라도, 구호를 외치고 나자 뜨거운 무언가가 솟구치는 것만큼은 확실히 알 수 있었다.

부관이 수화기를 건네받았을 때, 부상자가 들어왔다. 들것에 누운 대원의 정강이를 군의관이 움켜쥔 상태였다.

최성곤은 인상을 찌푸리며 대원을 보았다.

"하아!"

입술을 벌린 채로 앞니를 꽉 붙인 최성곤이 막사를 나왔다.

벌떡!

막사 앞에 앉아 있던 대원 둘이 바로 일어섰다.

주머니에서 담배를 꺼낸 최성곤은 대원들에게 담배를 디밀었다.

"괜찮습니다."
"피워, 이놈들아."
"감사합니다."
라이터도 최성곤에게만 있다.
조심스럽게 담배를 가져온 대원 둘이 고개를 돌리며 연기를 뿜어냈다.
"후우."
최성곤이 뿜어낸 담배 연기 사이로 대원 몇 명이 걸어오는 것이 보였다.
방탄복에 총알을 맞은 대원들일 거다.
명치에 총알을 맞은 대원 중에는 기절해서 실려 오는 이도 있었고, 충격에 호흡이 멎는 이도 나왔다.
"충성!"
"담배 피워라."
사양하던 대원들이 최성곤의 눈빛에 얼른 담배를 받았다.
찰칵.
최성곤은 라이터를 건네주지 않고, 직접 불을 붙여 주었다.
8시부터 시작한 훈련이 벌써 3시간째다.

⚜   ⚜   ⚜

최종일 못지않게 차동균의 눈빛이 번들거리고 있었다.

보인다.

앞에 어른거리는 형체들이 시작할 때와는 비교도 할 수 없을 만큼 또렷하게 보였다.

피잉! 핑! 피잉!

점령군 역시 제대로 총을 쏘고 있어서 지금은 양쪽 모두 함부로 움직이지 못했다.

'이거구나!'

한순간에 동료가 피투성이가 돼서 실려 간다.

머리칼 한 올까지 모두 느껴질 만큼 신경이 곤두선 느낌. 아차 하는 순간에 방탄복이나 헬멧에 총알이 날아들고, 재수 없으면 팔과 다리에 구멍이 뚫리는 상황.

모의 전투와는 비교 자체가 불가능했다.

피융! 피잉!

우희승이 머리를 내민 순간에 곧바로 총알이 날아왔다.

이 상태라면 밤이 되어도 상황이 종료되지 않는다. 몸에 있던 기운을 다 써 버려서 정신력으로 버티고 있었다.

모의 전투에서는 상상도 못해 봤던 경험이었다.

피융! 핑!

푸슝! 푸슝! 푸슝!

우희승이 뛰어나가는 것을 엄호하기 위해 차동균이 세 번 사격을 가한 직후였다.

치잇.

[갓 오브 블랙필드다. 오전 훈련 종료한다. 반복한다. 오전 훈련을 종료한다. 입구에 집합하도록.]

⚜ ⚜ ⚜

"흐허허허."

서상현이 고개를 담벼락에 기댔다.

삐이걱.

철컥. 꽈악.

분명 훈련이 종료되었다는 말을 들었는데도 반사적으로 총을 들었고, 김태진이 빠르게 총구를 아래로 눌러 주었다.

옥상의 입구까지 올라온 2조와 대치 중이었다.

히죽.

옥상에 올라온 석강호의 미소를 보며 서상현은 진저리를 쳤다.

"괜찮소? 내려갑시다."

긴장이라는 걸 안 하나?

철컥. 철컥.

몸을 움직일 때마다 들리는 총기 소리에 반사적으로 시선이 돌아갔다.

⚜   ⚜   ⚜

"고생하셨습니다!"

강찬이 이끄는 1조와 곽철호가 이끄는 점령군이 총구를 아래로 하고 입구에 나타났다.

김태진은 힘이 쭉 빠졌지만, 궁금함을 참지 못해서 강찬에게 시선을 주었다.

"대원들이 너무 지쳤어요. 여기서 더 하면 지금부터는 정말 죽는 대원이 나옵니다."

김태진은 수긍할 수밖에 없었다.

누구보다 본인의 집중력이 확실하게 떨어진 것을 알았기 때문이다.

얼추 보았을 때 절반이 조금 못 남았다.

자박. 자박.

모형 도시를 빠져나와 산길을 걷는데 100미터가 1킬로미터쯤 되는 것처럼 길게 느껴졌다.

"오늘 훈련은 끝난 건가?"

"점심 먹고 한 번 더 할 생각인데요?"

"그렇군."

김태진이 고개를 끄덕였다.

⚜️ ⚜️ ⚜️

"충성!"

최성곤이 막사 앞에 서서 총탄을 맞았던 대원들과 함께 강찬 일행을 맞았다.

"점심 먹고 오후 훈련을 하겠습니다."

"알았소."

최성곤이 고개를 끄덕이며 답을 대신했는데, 나쁜 감정은 담겨 있지 않았다.

강찬은 막사 앞의 계단으로 올라갔다.

"식사 후, 2시간 휴식이다. 한 시간은 자라. 잠이 오든, 안 오든 자라. 산악전은 야간 작전이 될지 모른다."

"밤에도 하겠단 소리요?"

최성곤의 목이 불쑥 나왔다. 낮에도 이 지랄인데 밤에 하면 정말 죽는 대원이 나온다.

그러면서도 그는 수긍할 수밖에 없었다.

대원들의 눈빛이 전에 없이 강렬하게 빛나고 있었다.

⚜️ ⚜️ ⚜️

"맛있게 드십시오."

식판에 밥을 담은 대원들이 강찬의 곁을 지나가면서 한

사람도 예외 없이 인사를 건넸다.

"참나."

서성현이 믿기지 않는다는 투로 수저에 밥을 가득 떴다.

빨갛게 무친 돼지고기, 하얀 쌀밥, 그 외에 반찬만 다섯 가지가 넘는다. 원하는 대원은 햄버거로 식사를 대신할 수 있었고, 배식대 한쪽에는 세 종류의 과일이 가득 쌓여 있었다.

국만 해도 육개장, 갈비탕, 된장국의 세 종류다.

"훈련해 보니까 어땠어?"

김태진이 갈비탕 국물을 수저로 떠 넣으면서 던진 질문이었다. 궁금해서 불쑥 나온 건데 대원들 모두가 답을 기다리고 있었다.

"사과해야겠어요."

"뭘?"

"제가 짐작했던 것보다 훈련이 잘되어 있었어요. 무엇보다 의지와 사명감은 인정입니다."

김태진이 숟가락을 멈추고 강찬을 보았다.

"괜히 나 듣기 좋으라고 하는 말 아닌가?"

"실탄 훈련에 이 정도 적응하려면."

강찬이 고개를 갸웃했다.

"외인부대의 경우엔, 아마 이런 훈련을 최소 열 번에서 열다섯 번 정도 해야 할 겁니다. 그만큼 대원들의 능력이 뛰어났다는 거겠죠. 사망자도 아직 없었습니다."

김태진이 씨익 웃을 때였다.

"물론 헬멧을 맞춘 대원도 아직 없었습니다."

강찬의 부연 설명에 김태진이 얼른 밥을 입에 넣었다.

"다들 들었지?"

김태진이 국물을 입에 넣기 위해 상체를 숙인 순간이었다.

강찬이 식당 안의 대원들을 둘러보며 입을 열었다.

"내 평가가 너무 박했다. 그 점은 사과한다. 오후 훈련 멋지게 마치고, 빠른 시간 안에 바람 쐬러 나가자."

"선제공격을 말씀하시는 겁니까?"

강찬이 피식 웃는 것으로 답을 대신했다.

느긋하게 식사를 마친 일행은 막사 앞의 계단에 앉아 봉지 커피와 담배를 즐겼다.

"나와 상현이는 오후 훈련에 빠지마."

"그러세요. 지금 대원들이라면 더 마음 써 주지 않으셔도 충분할 것 같은데요."

종이컵의 커피를 마시는 강찬을 김태진이 물끄러미 바라보았다.

식당에서 확실히 알았다.

대원들은 강찬을 따르고 있었다.

그의 말 한마디, 심지어 손짓, 눈짓을 살피고 있었다.

이런 지휘자가 작전을 끌어 준다면, 그런 팀이 적국에 실제로 나갈 수 있다면.

강찬이 왜 그런 표정이냐는 투로 김태진을 보았다.

"좋아서 그런다!"

풀썩.

좋았다.

어린아이처럼 김태진은 마냥 좋았다.

"아흠!"

긴장이 풀린 상태에서 점심을 먹어 그런지 나른했다.

"한숨 주무세요."

"그럴까?"

김태진은 막사 안으로 들어갔다.

대원들 역시 원래 막사로 하나둘 들어서고 있었다. 졸린다기보다는 강찬의 지시를 따르려는 의지처럼 보였다. 자라는 말을 훈련의 일종으로 받아들인 거다.

강찬은 전화기를 꺼내 연락이 온 곳은 없는지를 살폈다.

"애들이 만만치 않습디다."

석강호가 담배 하나를 새로 물면서 건넨 말이었다.

"그래도 아직 경험이 너무 부족해요. 지난번 몽골 작전에 있던 병아리보다 조금 나은 수준이던데? 정말 애들만 꾸려서 가 볼 생각이요?"

"어떡하냐, 그럼? 목숨을 걸고 달려드는데."

"아! 쉽지 않겠는데?"

"한 판 쉴래?"

"뭔 소리요? 그냥 그렇다는 거요."

석강호가 화들짝 놀란 얼굴로 강찬을 보았다.

"몸은 정말 괜찮은 거지?"

"그게 말이오. 이젠 거의 다 나았소. 붕대를 감을 이유가 없다니까요."

이 정도 효과라면 거의 강찬 자신과 같다.

혹시 블랙헤드의 기운을 받아서 이러는 건가?

⚜ ⚜ ⚜

강찬과 석강호도 한 시간쯤 잤다.

간단하게 세수를 마치고 막사 앞으로 왔을 때 김태진과 서상현도 나와 있었다.

대원들이 세수를 하느라 바쁘게 오갔다.

오전만 마쳤을 뿐인데 대원들의 얼굴은 하루를 꼬박 훈련한 것처럼 핼쑥했다.

웅웅웅. 웅웅웅. 웅웅웅.

아직 휴식 시간이 남아서 혹시나 하고 가지고 있던 전화가 울렸다.

"대사님? 강찬입니다."

[강찬 씨, 지금 어디에 있습니까?]

"증평 쪽에 와 있는데요? 무슨 일이신데 그러세요?"

딱히 꼬집지는 못하겠지만, 라노크의 말투가 평소와 달랐다.

[영국에서 기습을 준비하고 있습니다. 우리 쪽에서 선제공격을 할 생각인데 외인부대 특수팀을 지휘해 줄 수 있습니까?]

강찬은 잠시 차동균을 노려보았다.

오후 훈련에 모였던 대원들이 프랑스어가 능숙하게 나오자 힐끔거리며 강찬을 살피고 있었다.

"언제 출발입니까?"

[모레 새벽에는 출발해야 합니다. 강찬 씨의 데뷔전 때문이 아니라, 기습을 막지 못하면 프랑스는 타격이 큽니다. 그래서 지난 몽골전처럼 완벽한 승리가 필요합니다. 이건 제 개인적인 부탁입니다.]

"알겠습니다, 대사님. 다만, 이번에 한국 특수팀을 백업으로 인솔해서 가겠습니다."

[프랑스를 위한 싸움입니다.]

"지난번 몽골에서 도움을 받았으니 갚기도 해야죠. 이쪽하고 마침 손발을 맞춰서 한 팀 더 데리고 가는 것이 편합니다."

[알겠습니다. 무기는 어떻게 할까요?]

"수송편과 작전 정보만 주시면 됩니다. 지금 바로 올라갈 테니까 나머지는 그때 의논하시죠."

[고맙습니다, 강찬 씨.]

전화를 끊었을 때 대원들이 적당한 간격으로 모여 있었다.

강찬은 앉아 있던 계단에서 몸을 일으켰다.

김태진과 서상현은 당연히 대기하고 있었고, 오후 훈련의 내용을 알고 싶은 최성곤이 걱정된 얼굴로 강찬을 바라보고 있었다.

강찬은 최성곤의 앞으로 다가가며 김태진에게 눈짓을 했다.

"무슨 일이야?"

"대표님, 프랑스의 요청입니다. 외인부대 특수팀이 영국을 기습하는 임무입니다. 수송과 정보, 뒤처리까지 모두 프랑스에서 맡을 겁니다. 이 중에 8명을 선발해서 백업 팀으로 함께 가겠습니다. 실전 훈련으로 이만한 기회도 없습니다."

최성곤이 빠르게 김태진을 보았다.

대원들이 무슨 일인가 싶은 얼굴로 세 사람을 힐끔거렸다.

"선배님, 허가를 받을 수 있을까요?"

"공식적으로는 어려워도 강찬이 말하면 묵인은 하겠지. 지난번에 몽골 작전 때 도움도 받았다면서?"

최성곤이 입을 꾹 다문 채로 강찬을 보았다.

"출발은 내일모레 새벽이랍니다. 대원 8명을 데려가겠습니다. 차라리 휴가로 처리해 주시죠."

두꺼비처럼 주둥이를 길게 늘인 최성곤이 고개를 끄덕인 후에 입을 열었다.

"대원 선발은 어쩔 생각입니까?"

"차동균에게 맡기고 싶습니다."

"그렇게 하시죠. 강찬 씨가 직접 지휘하는 작전 맞지요?"

"예."

강찬의 대답을 들은 최성곤이 숨을 크게 들이마시며 고개를 끄덕였다.

강찬은 곧바로 대원들을 향해 걸었다.

"오후 훈련은 취소한다."

당황스러운 발표다. 잔뜩 긴장했던 대원들의 얼굴에 실망감이 스치고 지나갔다.

"차동균."

"예."

"내일모레 새벽에 휴가를 같이 갈 대원 8명이 필요하다. 저격수 2명을 포함해서 총원 8명이다. 명단을 짜서 장군님께 휴가 신청해라."

차동균은 웃는 건지 우는 건지 모를 표정이었다.

"명단 짤 수 있어?"

"맡겨 주십시오!"

세모꼴 눈에 힘을 잔뜩 주고 차동균이 답을 했다.

"이번엔 2팀으로 지원 가는 거다. 실전 훈련이라고 생각해."

"감사합니다!"

엉뚱한 대답에 강찬은 풀썩 웃고 말았다.

제2장

정체가 뭡니까?

GOD OF BLACK FIELD

 석강호와 강찬이 먼저 서울로 향한 뒤다.
 김태진과 서상현은 최상곤과 함께 막사의 탁자에 앉아 차를 마셨다.
 "10년은 늙어 버린 느낌입니다."
 최성곤이 세수하는 것처럼 얼굴을 쓸어 댄 다음 고개를 털었다.
 "전화 한 통으로 프랑스의 작전에 참가를 결정하다니, 도대체 정체가 뭡니까?"
 "고민할 것 없어. 본 대로만 느끼면 되는 거야."
 최성곤은 고개를 끄덕였다.
 "지금까지 무서운 사람은 실장님하고 선배님만 있는 줄

알았더니, 세상 참 넓습니다."

"내가 무서웠나? 난 자네를 보면서 내가 나이 먹었구나 싶었는데?"

"말씀도 마십시오. 비무장지대 나갔다가 돌아왔을 때 선배님 눈빛이 아직도 생생합니다. 그때 선배님이 막사에 들어오면 다들 알아서 긴장 타고 그랬지요. 아까 보니까 강찬 씨 볼 때 대원들이 그러고 있더군요."

김태진이 고개를 끄덕였다.

"복이라고 생각하자고. 이렇게 실전에 바로 배치할 능력자가 우리에게 생겼다는 게 어디야? 대원들의 희생이 있을지 모르지만, 이렇게 발전하는 게 특수군의 숙명이잖은가?"

"그렇죠. 우린 그런 기회를 못 잡아서 울분을 삼켰었지요. 애들 눈빛이 달라졌습니다. 죽을지도 모를 곳에 서로 가고 싶어서 안달하는 놈들이 고맙기도 하고, 대견하기도 합니다."

똑똑똑.

최성곤이 안쓰럽게 웃을 때 노크 소리가 들렸다.

"뭐야?"

"휴가자 명단입니다."

차동균이 세모꼴 눈을 하고 안으로 들어섰다.

최성곤은 '벌써?' 하는 표정으로 그가 건네주는 종이를 받아 훑었다.
"야, 인마! 곽철호는 몰라도 유광렬이는 이제 백일 된 애가 있잖아!"
"장군님께서 면담을 해 주십시오. 저는 못 말립니다."
"이놈들이 정말!"
최성곤은 차동균을 노려보다가 고개를 저었다.
"그것 말고도 장군님께 대원들 면담을 요청합니다."
"왜? 무슨 문제 있어?"
"탈락한 대원들의 실망이 너무 큽니다."
"하아!"
최성곤이 어쩔 수 없다는 듯, 커다랗게 한숨을 내쉬었다.

⚜   ⚜   ⚜

"영국이 갑자기 프랑스를 때린다는 게 말이 되오?"
"우리가 한 짓들이 말이 되기는 했냐?"
"하긴 그렇수."
석강호가 히죽 웃었다. 이놈은 작전 나가는 것이 정말 반가운 얼굴이었다.
"그럼 내일은 모처럼 마누라와 야외나 한번 나갔다 올까?"
"아차! 오늘이 무슨 요일이냐?"

"목요일이요. 왜요?"

강찬은 창에 기대고 있던 고개를 불쑥 들었다.

"그럼 우리 토요일에 출발하는 거 아냐?"

"내일모레 새벽이니까… 토요일 새벽 맞소."

"아하!"

석강호가 슬쩍 시선을 주었다가 얼른 앞을 보았다.

"토요일에 깜짝 여행 간다고 시간 빼놓으라고 했는데, 어쩌지?"

"누구요?"

"어머니하고 아버지. 아! 실망이 크실 텐데. 아버지는 몰라도 어머니는 엄청 설레시는 눈치였거든. 쯧! 어쩌지?"

이런 건 석강호도 당장 답이 없는 거다.

강찬은 인상을 찌푸렸는데 특별한 답을 얻지는 못했다.

"아버님과 의논해 봐요. 그게 좋을지 몰라요."

"그래야 되나? 우선 라노크 대사 만나 보고."

연속해서 한숨이 나왔는데 당장 답은 없었다.

서울로 향하는 차 안에서 전화를 했고, 라노크와 약속을 잡았다.

장소는 짐작했던 대로 대사관이었다.

상황이 상황인 만큼 외부에서 만나는 것을 꺼리는 게 맞다.

석강호가 강찬을 대사관에 내려 준 것은 오후 5시 30분쯤이었다.

"먼저 들어가라. 저녁 먹자고 하면 공연히 시간 늘어진다. 혹시 모르니까 병원에 들러서 가."

"아까 샤워할 때 보고도 그러쇼?"

"자꾸 그러지 말고, 들렀다 집에 가."

"알았소. 혹시 필요하면 바로 전화하쇼. 오늘은 집에 있을 거니까."

"그래."

강찬은 차의 지붕을 두들겨 주고 대사관으로 들어섰다.

입구에 있던 요원이 강찬을 보고 곧바로 집무실로 안내했다. 입구 안쪽이며 복도에 평소와 다르게 요원들이 빼곡히 서 있었다.

달칵.

"강찬 씨!"

라노크가 반갑게 다가와서 강찬을 안았다.

지난번에는 악수로 대신했었다. 라노크의 급하고 아쉬운 마음을 충분히 알 것 같았다.

전에는 전혀 짐작하지 못했던 일들이다.

"앉읍시다."

라노크가 탁자를 가리켰다.

그의 집무실에 있는 가구는, 중세 프랑스 것을 옮겨 온 것처럼 화려하고 운치가 있으면서 편안했다.

한마디로 소파보다 나았다.

강찬은 처음으로 유혜숙에게 이런 의자를 선물하고 싶었다.

차를 따라 주고, 담배를 권한 라노크가 시가에 불을 붙였다.

"강입자 충돌기라는 것이 있습니다."

시가를 입에 든 라노크가 미리 준비했던 것처럼 서류를 건네주었다.

강찬이 꺼내 보자 위치와 규모, 그리고 알지 못하는 복잡한 내용이 가득 담겨 있었다.

"본국이 주도해서 유럽 전체가 참여하다시피 했고, 러시아산 부품이 일부 들어갔습니다. 본국과 스위스의 경계 지역에 설치했는데 대부분이 본국인 프랑스에 있지요."

대충 훑어본 서류를 내려놓은 강찬은 아예 라노크의 말에 집중했다.

"영국은 지층 충격기를 만들면서 프랑스가 주도한 강입자 충돌기 역시 그런 의도를 가진 것으로 판단하고 파괴하려는 것 같습니다. 스위스 마흐띠늬 꽁브(Martigny Combe) 지역 산악에 이미 대원들을 파견해 놓았습니다."

"SAS인가요?"

"SBS입니다."

강찬은 나직하게 한숨을 내쉬었다.

SAS도 엄청난데 그중 정예를 고르고 골라서 만들어진 부대가 SBS다. 유럽뿐 아니라 아프리카, 걸프전에서도 알려지지 않은 특수 작전을 완벽하게 수행한 부대다.

"다른 작전도 마찬가지이지만, 특히 이번 작전은 꼬투리를 남기면 안 됩니다. 영국이 우리의 흔적을 확보하게 된다면 어떤 형태로든 문제를 키우려고 할 겁니다."

강찬은 고개를 끄덕였다.

"대사님, 강입자 충돌기? 그게 정말 지진을 일으킬 수 있는 건가요?"

"오해의 소지가 많습니다. 단적으로 말씀드리면 가능하기는 합니다. 하지만 프랑스 독자적으로 그렇게 변형한다는 것은 불가능합니다. 2만 명에 이르는 인력이 함께 만들어 낸 프로젝트라 더 그렇습니다."

이런 말에서 구렁이의 진심을 알기는 어렵다.

영국이 바보가 아니라면 이런 진실을 모르지는 않을 거다. 반대로 알면서 트집을 잡기 위해 공격을 하는 건지도 모르고.

강찬은 우선 라노크의 말을 믿어 보기로 했다.

"SBS가 이미 도착해 있다면서요? 출발이 너무 늦는데요?"

"외인부대 특수팀의 소집이 하루 늦어졌습니다. 어디나 최고의 팀은 한 팀밖에 없으니까요. 지넨느나 통합 특수전

사령부는 아무래도 산악 지역의 작전에는 불리하다는 평가였습니다."

역할이 다르고, 사용하는 장비가 다르기 때문에 라노크의 말은 충분히 일리가 있었다.

그래도 이런 작전은 시간이 생명이다.

강찬은 이제야 라노크의 눈에 담긴 다급한 느낌을 알 수 있었다.

"스위스까지 12시간 이상 걸립니다."

"13시간은 소요된다고 보는 게 맞습니다. 시옹 기지에서 헬리콥터로 이동해야 하고, 다시 도보로 산악 지역을 거쳐야 합니다. 전부 합치면 쉬는 시간을 전혀 고려하지 않았을 때 꼬박 20시간쯤 걸립니다."

"그 안에 SBS가 움직이면요?"

라노크는 굳은 얼굴로 답을 하지 못했다.

"경계를 강화하거나, 스위스에서 직접 타격하는 것은 불가능한가요?"

루드비히나 반트가 라노크와 막역한 사이인 것이 떠올라 던진 질문이었다.

"이 사실을 스위스에 알리고 도움을 청하는 것은 지층 충격기와 블랙 헤드에 얽힌 비밀을 유럽 정보국에 밝히는 꼴이 됩니다. 언젠가는 알려지겠지만, 지금은 차라리 강입자 충돌기를 포기하는 것이 현명한 판단입니다."

강찬은 고개를 끄덕이며 담배를 집어 들었다.

차동균 팀이 실전 경험만 있었다면, 다예루와 비슷한 실력이 5명만 되었어도 바로 출발하겠다고 했을 거다.

개인적인 고마움 때문이 아니다.

정보전을 들여다보면 볼수록 이런 기회에 확실하게 대한민국 특수팀의 입지를 세우는 것이 나쁘지 않을 것 같아서였다.

게다가 지층 충격기의 제작 이유가 유라시아 철도의 대항마라면 더더욱 더.

강찬의 침묵을 이해하는지 라로크는 아무 말도 않고, 시가와 차를 마셨다.

이제 확인할 것은 두 가지가 남았다.

"외인부대 특수팀에서 동원하려던 인원이 전부 몇 명이었습니까?"

"2개 구대, 총 24명입니다."

이 정도라면 작전의 규모가 상당해서 반드시 소문이 퍼진다. 게다가 아차 하면 전면전으로 발발할 소지도 컸다.

"대사님, 만약 제가 출발하겠다고 하면 바로 비행편을 준비해 주실 수 있나요?"

"오산에 대기 중입니다."

기다렸다는 것처럼 답이 나왔다.

"강찬 씨, 저녁은 어떻게 할까요?"

돕고 싶었다. 그리고 이 기회를 놓치고 싶지 않았다.

그런데 정작 대원들의 경험이 문제가 된다.

어떤 면에서는 실력보다 중요한 요소다.

"대사님, 몇 가지 확인해 볼 것이 있어서 먼저 일어나겠습니다. 늦게 전화드려도 되겠습니까?"

"강찬 씨의 전화라면 언제고 상관없습니다. 특히 이번 작전과 관계된 일이라면 더더욱."

"알겠습니다. 다른 말씀이 없으시면 먼저 일어날게요."

강찬이 일어서자 라노크가 함께 몸을 세웠다.

"강찬 씨, 이번 작전 자체가 무리한 요구라는 것을 압니다. 그러니 여기서 더 무리하지는 말았으면 합니다. 한 번 진다고 해서 유럽의 모든 것을 잃지는 않지만, 강찬 씨를 잃으면 되찾을 방법이 없습니다."

라노크의 이런 표정은 처음 봤다.

가면을 뒤집어쓸 수 있었겠지만, 자신에게는 그러지 않기로 한 모양이었다.

대사관을 나온 강찬이 전화기를 들여다보았을 때는 오후 6시 30분이었다.

강찬은 우선 강대경의 번호를 찾아 눌렀다.

여행 때문만은 아니었다.

[여보세요? 찬이니?]

"예, 아버지. 어디세요?"

[10분쯤 뒤에 끝나서 퇴근하려고 하지. 넌 서울에 온 거냐?]

"예. 그런데 아버지, 저랑 저녁 드실 수 있으세요?"

[엄마는?]

"그냥 아버지와 먹었으면 싶어요. 의논드리고 싶은 것도 있구요."

잠시 틈이 있었다.

아마도 강대경이 상황을 이해하는 데 시간이 필요한 모양이었다.

[어디냐? 아빠는 10분이면 일 끝난다.]

"제가 그쪽으로 갈게요. 퇴근 시간이라 한 시간쯤 걸릴 거예요."

[알았다. 회사에서 기다리마. 엄마한테는 다른 약속으로 저녁 먹고 간다고 할 거다.]

"예."

강찬은 답을 하고 최종일을 불렀다. 곧바로 대사관 뒷골목에서 이두범이 운전하는 차가 나왔다.

"아버지 회사로 가 줘."

퇴근 시간이라 택시를 잡기 어려워서 부른 거다.

한국팀만으로 이번 작전을 나가? 너무 욕심을 부리는 거라고 해도 대꾸할 말은 없었다.

하지만 어쭙잖은 경험 몇 개보다 확실히 실력을 쌓을 기회였다. 그리고 무엇보다 실탄 훈련에서 보았던 대원들의 실력이 예사롭지 않은 것도 이번 판단에 한몫했다.

강찬이 말을 않고 창밖을 보고 있자, 분위기가 묘했다.

최종일이 슬쩍 시선을 주었다.

혹시나 프랑스에서 한국팀의 참여를 거절한 건 아닌지, 지난 수많은 작전 때처럼 최종 승인이 거부된 것은 아닌지 염려하는 눈빛이었다.

당장은 어떤 말도 하기 어려운 상태에서 강대경의 사무실 앞에 도착했다.

"아버지와 저녁 먹을 거야. 그쪽 경호 요원들이 있을 테니까 염려하지 말고 가서 저녁 먹어. 먹을 수 있을 때 먹어 두자."

"알았습니다."

강찬은 차에서 내려 전화를 걸었고, 강대경이 바로 내려왔다.

"아버지!"

강찬의 인사를 강대경은 활짝 웃는 얼굴로 받았다.

"뭐 먹을래?"

"어머니도 없는데 간단한 거, 먹어요."

"그래? 아빠는 모처럼 맛있는 거 사 주려고 했는데?"

그러면서 강대경은 강찬의 등을 두드려 주며 회사 옆의 골목으로 들어갔다.

"그럼 우리 간단하게 설렁탕 먹을까?"
"그게 좋겠어요."
 강찬은 강대경을 따라 회사 뒤편에 있는 설렁탕집으로 들어갔다.
 의지할 수 있는 아버지, 무언가 결정을 내리기 어려울 때 속을 보일 수 있는 아버지가 있다는 사실이 무척 고맙고 감사했다.
 물론 내막을 다 보이지는 못한다.
 또 마음의 결정을 내린다고 해도 대한민국 정부에서 승인을 안 할 확률도 높다.
"이 집이 그래도 꽤 유명한 집이야."
 그래서 그런지 사람들이 엄청나게 북적였다.
 주문한 지 3분도 되지 않았는데 설렁탕이 왔다.
"무슨 일이냐?"
 강대경은 설렁탕에 밥을 말아 넣으면서 고개도 들지 않았다. 정말 아무렇지도 않다는, 그러니까 걱정 말고 고민하는 것이 뭔지 말해 보라는 투였다.
"아버지, 원래 주말에 아버지와 어머니를 모시고 제주도에 갈 예정이었어요."
 강대경이 시선을 들고 강찬을 보았다.
"그런데 저는 일이 생겨서 못 갈 것 같아요. 어머니가 많이 기대하시는데 어떻게 할까요?"

"또 며칠 걸리는 일이냐?"
"예."
강대경이 그제야 수저를 움직였다.
"먹어. 먹으면서 생각하자."
그는 깍두기와 설렁탕을 입에 넣었다.
"음! 그럼 네가 아빠와 엄마에게 여행 선물을 해 준 걸로 하자. 둘만 오붓하게 다녀오라고. 대신 엄마가 많이 서운해 할 테니까 그다음 주에 하루쯤 근교에라도 다녀오자."
"죄송해요."
"난 더 좋은걸?"
강대경이 걱정 말라는 투로 웃어 주었다.
"아버지."
"또 있냐?"
강찬은 풀썩 웃음을 터트렸다.
"무리하지만 한 번에 하고 싶은 일이 있어요. 나눠 할 여유도 없을뿐더러, 이만한 기회도 없어요. 혼자 하는 일이 아니라 실패하면 함께하는 사람들이 받아야 할 대가가 너무 커서 어떻게 해야 할지 모르겠어요."
"함께하는 사람들은 뭐라고 하는데?"
강찬은 차동균과 대원들의 눈빛과 얼굴을 떠올렸다.
"해 보고 싶은 거 같아요."
"결국, 네가 책임져야 하는 거구나?"

"예."

강대경은 생각을 정리하는 것처럼 밥을 천천히 삼켰다.

"책임자는 힘겹지. 결정에 따른 결과를 모두 받아들여야 하니까. 아빠가 쉬프와 계약 끝내고 힘들었을 때를 생각해 보면 쉽지 않을까? 변수는 어떤 경우에라도 생긴다. 그걸 이겨 낼 자신과 각오가 있다면 하는 거고, 그게 아니라면 포기해야지."

강찬은 설렁탕을 입에 넣으며 강대경의 말을 듣고 있었다.

"그 일에 성공하면 네게는 어떤 이익이 있니?"

"예?"

"설마 아무런 이득도 없는 일을 하려는 거였냐?"

강대경이 웃는 얼굴로 던진 질문이었다.

이득?

라노크에게 고마웠던 것을 갚는다는 게 가장 큰 이득이다. 그다음은 목숨을 걸고 달려들어서 한국팀에게 경험을 쌓아 주는 것?

SBS를 깼다면 전 세계에 한국 특수팀의 위력을 자랑할 수는 있겠다.

설렁탕을 먹고 났다.

"아빠는 이대로 집으로 가마."

"그냥요?"

"네 얼굴에 바빠요, 라고 다 쓰여 있다. 걱정 말고 천천히 일 보고 들어와. 아빠는 주말까지 제주도 여행은 모른 척 할 거다."

"예."

설렁탕집을 나와 강대경이 차를 세워 둔 곳까지 함께 걸었다.

"아빠 간다."

"아버지, 고맙습니다."

"녀석이!"

강대경이 강찬의 어깨를 두들겨 주었다.

차가 출발한 다음 강찬은 김형정의 번호를 눌렀다.

[강찬 씨!]

"몸은 좀 어떠세요?"

[많이 좋아졌습니다. 무슨 일입니까?]

김형정은 강찬의 음성이 평소와 다른 것을 알아차린 눈치였다.

"이번에 백업으로 작전 나간다는 말은 들으셨죠?"

[알고 있습니다.]

"팀장님, 우리 팀으로만 2개 구대로 가고 싶습니다."

[예?]

"바로 출발하기 위해 부탁드리는 겁니다. 내일모레 출발했다가 자칫하면 중간에 돌아올 수도 있습니다. 항공편은 이미 준비되어 있습니다."

수화기 건너편에서 커다란 숨소리가 먼저 들렸다.

"상대가 SBS입니다. 이번에 출발한 대원들 중 절반은 돌아오지 못할 겁니다."

[SBS요? 영국의 SBS?]

"예."

김형정은 아예 말을 잊은 모양이었다.

"경험을 쌓는 데는 최고의 조건입니다. 이겨 내면 이 작전 한 번으로 작은 작전 열 번 이상의 경험을 쌓을 수 있을 겁니다."

[강찬 씨가 지휘하는 겁니까?]

"그럴 겁니다."

[결정되는 대로 출발하겠군요?]

"예. 8명을 선발하라고 했으니까 12명이 더 필요합니다. 구대별로 저격수 2명이 있어야 하구요."

길에서 이런 통화를 하리라고 짐작하는 사람들은 없을 거다.

[알겠습니다. 원장님과 의논하고 전화드리도록 하겠습니다. 지금껏 이런 종류의 작전에 최종 승인이 난 적은 없습니다. 거기에 이번 작전은 프랑스의 일이기 때문에 쉽지 않을 겁니다.]

전화를 끊은 강찬이 주변을 둘러보았다.

마음은 정했으나 정작 결정은 다른 사람들이 내린다. 기분이 묘했다.

강찬은 우선 근처의 커피 전문점으로 향했다.

커피를 주문해서 받은 다음, 테라스 쪽에 앉아 미쉘에게 전화를 걸었다.

예약을 두 분만 가는 것으로 변경해 달라고 했고, 다음으로 매입할 빌딩에 관해서 이야기를 나눴다.

"여행 비용은 바로 보내 줄 테니까 문자로 계좌번호를 넣어 줘."

[그렇게, 차니. 그리고 건물은 내가 말한 대로 지금 짓고 있는 것을 내부 변경하는 게 가장 빠를 것 같아. 입주까지 두 달이면 되고, 분양도 아직 제대로 되지 않아서 사무실과 1층 전시장까지 모두 쓸 수 있어. 비용은 대략 800억 쯤 들어가.]

"정확하게 알아보고 결정되면 함께 가 보자. 내가 출장을 가게 될지 몰라서 이번 주에는 시간이 없다."

대략 이야기를 마무리하고 담배를 하나 피웠다.

답답하기도 하고, 어딘가 찜찜한 구석도 남았다.

전화만 하면 석강호가 튀어나올 거고, 근처에 최종일도 대기하고 있다.

그런데 석강호는 가족과 있는 시간을 방해하고 싶지 않았고, 최종일과는 실없는 농담을 하기 어려웠다.

'라노크는 이럴 때 어떻게 할까?'

집에 들어가는 것이 현명할지 모른다.

그런데 갑갑한 심정으로 들어가기보다는 그냥 밖에 있고 싶었다.

강찬은 나직하게 숨을 내쉬며 지나가는 사람들을 보았다.

미셸에게 만나자고 했으면 분명 시간을 냈을 텐데, 그녀를 만난다고 해서 지금의 답답함이 풀릴 것 같지는 않았다.

전화기를 꺼내 든 강찬은 김미영의 전화번호를 찾았다. 지금 유일하게 보고 싶은 사람이었다.

학교 식당에서 손을 잡아 주었을 때처럼 답답함도 가라앉혀 줄 수 있을까?

학원에 있어서 전화받지 못할 게 분명한데.

강찬은 일단 통화 버튼을 눌렀다.

신호가 네 번쯤 울렸을 때였다.

[응!]

특유의 대답에 웃음이 절로 나왔다.

"어디야?"

[학원 앞이야. 왜?]

"그냥 생각나서."

답을 하고 나서 풀썩 웃었다. 이렇게 간지러운 표현을 할 줄은 몰랐다.

[지금 어디야?]

"삼성동."

[나, 대치동 학원인데 가도 돼?]

"수업해야 되잖아."

[불어 수업이니까, 대신 가르쳐 주면 되잖아? 응? 응?]

신기하다.

답답하던 감정이 조금은 가라앉았다.

"내가 갈게. 어디로 가면 돼?"

[대치동 사거리. 나 그럼 사거리에 있는 아이스크림 가게에 있을게.]

"그래."

강찬은 바로 커피 전문점을 나와 택시를 잡았다.

별로 멀지 않은 거리다.

대치동 사거리에 내리자 환하게 불을 밝힌 아이스크림 가게가 보였다.

문을 열고 들어가자 김미영이 자리에서 일어났다.

그사이 또 컸다.

아니, 성숙해졌다는 표현이 맞다.

몸매야 원래부터 성숙했는데 핼쑥한 얼굴에 눈이 커다래서 이젠 아가씨처럼 보였다.

눈썹에 맞춰 자른 머리만 아니면.

"저녁은?"

"수업 전에 먹었어."

"아이스크림 먹을래?"

"응!"

강찬을 따라 김미영이 진열대로 움직였다.

컵에 네 가지 종류의 아이스크림을 골라서 다시 자리로 돌아왔다.

"불어 수업은 나중에 하기로 했잖아."

"그냥. 재미있어. 나중에 사람들 많은 곳에서는 불어로 얘기해. 그럼 다른 사람들이 못 알아들을 거잖아? 흐흐흐흐."

김미영이 아이스크림을 떠서 입에 넣으며 웃었다.

답답한 무언가가 닦여 나가는 느낌이었다.

조잘조잘.

김미영이 떠들고, 강찬은 들었다.

그런데 말을 하면서, 아이스크림을 떠 넣으면서, 김미영의 눈에 담긴 그리움을 보았다.

강찬을 보고 싶고, 이런 시간을 갖고 싶은 걸 억지로 참고 견뎠던 모양이다.

"나 부탁이 있어."

"부탁? 뭔데?"

김미영이 입을 삐죽이며 입을 열었다.

"운동부 애들이 그러는데 네가 축제 도와주면 우리 학교 축제가 최고가 될 거래. 걔들 반성하는 거, 난 다 봤거든. 소문이 나서 다른 애들도 다 네가 도와줬으면 좋겠대. 소연이

랑 기진이도 꼭 부탁하고 싶은데 어려워서 전화 못한다고 하고. 내가 부탁하면 될 거라고…….'

김미영이 말끝을 흐렸다.

"그래서 축제 도와달라고 부탁하는 거야?"

"응."

"그런데 왜 그렇게 자신이 없어?"

"네가 힘들까 봐."

강찬이 웃는 것을 본 김미영이 계면쩍은 표정으로 눈치를 살폈다.

"알았어."

"도와주는 거야?"

"누구 부탁인데 안 들어주겠냐?"

"정말? 진짜?"

"그래!"

김미영이 '흐흐흐흐.' 하며 아이스크림을 떴다.

"다른 거 부탁할 건 없어?"

"응!"

누이동생인 거야? 사랑하는 여자인 거야?

한 가지는 분명했다.

기분이 풀렸다는 것.

"미영아, 그런데 내가 연락 안 했으면 축제 부탁 안 할 거였어?"

김미영이 입술을 내밀고 곤란하다는 표정을 지었다.
"으이그! 다음부턴 그러지 마."
"응!"
"오늘 불어 수업 못했다고 집에 가서 무리하면 안 돼."
"선생님이 나 정말 잘한다고 했어. 새로 오신 선생님이라는데 학원 애들이랑 안내 카운터 언니들까지 그 선생님한테 푹 빠졌어. 정말 영화배우처럼 생겼어."
"너는?"
"난 그 선생님 볼 때마다 네 생각해."
눈을 똑바로 바라보고 한 말이다.
가슴이 철렁 내려앉았다.
때 묻지 않았다는 표현이 꼭 들어맞는 맑은 눈이 자신을 바라보고 있었다.

⚜   ⚜   ⚜

"각하, 라노크의 입지를 확실하게 굳혀 줄 수 있는 절호의 기회입니다. 설립위원장에, 초대운영위원장이 가진 영향력을 생각하면 이번 작전은 우리 쪽에서 부탁할 일입니다."
"영국과의 거래 수지로 봐서는 최대 200억 달러의 손실이 예상됩니다. 그 외에 영국에 거주하는 우리 교포와 유학생의 안전을 고려해야 합니다."

회의실의 중앙에는 문재현이 앉았고, 국가정보원장 황기현이 왼쪽, 붕대를 칭칭 감은 전대극, 그리고 국가정보원 3차장, 4차장이 있었다.

"작전의 성공 확률은 어떻게 됩니까?"

"강찬 씨의 표현을 빌리자면 경험이 부족하기 때문에 절반 이상이 희생될 거라고 합니다."

문재현이 입술에 힘을 주며 나직하게 숨을 뱉었다.

"각하! 몽골 작전에서 외인부대 특수팀 설립 이래, 최대의 성과를 거두었던 지휘자입니다. 우리 특수군의 경험을 위해서도 반드시 필요한 작전이라는 의사를 분명히 밝혔습니다."

전대극이 빠르게 보충 설명을 전했다.

"전 실장, 대원의 절반이라니까 간단하게 들리지만 그 한 사람, 한 사람이 모두 한 집안의 가장이고, 아들이고, 아버지입니다. 대한민국을 위해서 이 작전이 필요한지, 아닌지 만큼이나 중요한 사항입니다."

"각하."

전대극은 물러서지 않을 것처럼 보였다.

"군인의 숙명입니다. 더구나 특수군은 말할 것도 없습니다. 작전에 나서지 못하고 훈련만 하는 특수군을 생각해 보셨습니까? 그들의 자부심은 훈련이 아니라, 작전 수행에서 나옵니다."

문재현이 나직하게 숨을 내쉴 때였다.

"작전에 실패했을 때, 최악의 사태에 우리 특수군이라는 증거가 남을 때, 감당해야 할 부분이 너무 큽니다."

"4차장, 그 점은 백업으로 간다고 해도 남는 부분이요."

"백업으로 가서 실패했을 경우에는 프랑스라는 기댈 언덕이 있습니다. 우리 팀 단독으로 작전에 나섰다가 실패했을 경우와는 비교할 바가 아닙니다."

"자! 결정을 내립시다. 우선 전 실장은 파견 쪽이고."

전대극이 짧게 고개를 끄덕였다.

"3차장은 파견, 4차장은 반대, 그리고 황 원장은?"

"각하, 번거로우시겠지만 현장의 목소리를 참조하시는 것이 좋을 것 같습니다."

황기현을 향해 시선이 몰렸다.

"최성곤 준장이 대기 중입니다."

"통화를 하잔 말씀인가요?"

"그렇습니다."

잠시 황기현을 바라보던 문재현이 고개를 끄덕였다.

황기현이 버튼을 누르자 회의실에 연결음이 울렸다.

[준장 최성곤입니다.]

"최 준장, 국가정보원장 황기현이오. 각하가 참석한 회의 중인데 궁금한 것이 있어서 전화했소."

[말씀하십시오.]

마치 전대극의 젊은 시절인가 싶을 정도로 걸걸한 음성이었다.

"최 준장, 이번에 강찬 씨가 원하는 작전의 득과 실이 워낙 극명해서 고민 중이오. 그 외에 각하께서는 무리한 작전에 희생될 대원들과 그 가족들에 대해 염려하고 계시오. 하고 싶은 말이 있소?"

[각하! 백업 팀 8명에 포함되지 못한 대원들을 면담 중입니다. 그들의 좌절은 설명 드리기조차 어렵습니다.]

"최 준장, 나는 육군 병장 제대라 잘 모르겠소만 절반 이상이 죽을 수 있는 작전이라 들었소. 혹시 분위기에 휩쓸려 그런 것은 아니오?"

문재현이 마이크에 대고 질문을 던지고 좌우를 둘러보았을 때였다.

[각하, 특수군의 존재 가치는 훈련 때가 아니라 작전에 나설 때 드러나는 것입니다. 지금까지 수십 년 동안, 고작 세 번의 작전이 전부였습니다. 그것도 우리 군 단독 작전은 한 번뿐이었습니다. 이 작전에 포함될 수만 있다면, 체력이 허락하기만 한다면, 저는 하사의 계급장도 감사하게 받을 것입니다.]

문재현이 신음처럼 숨을 내쉰 다음 입을 열었다.

"이쪽은 팽팽합니다. 결정에 앞서 마지막으로 하고 싶은 말이 있소?"

[각하! 제가 구호를 다시 한 번 들려 드리겠습니다. 이것이 우리의 각오를 가장 잘 표현한 것이기 때문입니다.]

마치 최성곤이 보이는 것처럼, 문재현은 물끄러미 마이크를 보고 있었다.

[나의 피로! 국가를 지킬 수 있다면! 나는 행복하다!]

갓 입대한 신병처럼 있는 힘껏 외친 구호가 회의실에 쩌렁쩌렁 울려 퍼졌다.

전대극이 이를 꽉 깨물었을 때였다.

울음처럼 보이는 미소를 지은 문재현이 참석자들을 천천히 돌아보았다.

잠시 침묵이 흐른 다음이었다.

"최 장군."

[말씀하십시오, 각하!]

"강찬 씨가 원하는 대로 인원을 선발하세요."

[감사합니다! 각하!]

"내가 고마워할 일입니다. 이후의 모든 지휘는 강찬 씨가 원하는 대로 진행하면 됩니다. 대원들에게 무운을 빈다고 전해 주겠습니까?"

[반드시 그렇게 전하겠습니다!]

문재현이 시선을 들자, 황기현이 버튼을 눌렀다.

"결정한 일입니다. 이제부터는 다 같이 힘을 합해 위험한 상황을 함께 대비할 차례입니다. 국가정보원은 후속 조치와 최악의 상황을 대비해 주세요."

"그렇게 하겠습니다."

"4차장은 서운한 거 아니지요?"

"최 장군과 대원들의 각오를 전해 들었는데 어떻게 서운할 수 있겠습니까? 저 역시 606에서 위탁 교육을 받은 경험이 있습니다, 각하."

문재현이 좌우를 둘러본 후에 입을 열었다.

"대한민국이 새롭게 태어나는 계기가 될 것이라 확신합니다. 실패한다면 모두 내 책임이겠고, 성공한다면 우리에게 함부로 군사력을 행사하던 주변 국가에 확실한 경고가 될 것입니다. 유라시아 철도의 한 축을 담당하는 대한민국이 분명하게 목소리를 내는 작전입니다. 모두 최선을 다해 주기 바랍니다."

다들 굳은 얼굴로 답을 하고 자리에서 일어섰다.

"아! 원장님."

자리에서 일어나는 황기현을 문재현이 짧게 불렀다.

⚜　　⚜　　⚜

"걱정 있지?"

"응?"

김미영은 강찬을 물끄러미 보고 있었다.

즐거웠는데? 그런데도 속이 보였나?

"우리 유학 가게 되면 내 학비도 장학금 받을 수 있게 공부할 거야. 그래도 나중에 남편 덕분에 외교관 된 거라고 말할게."

웃음이 나왔다.

기분 좋은 웃음이었다.

김미영이 쟁반에 놓인 냅킨과 플라스틱 숟가락을 주섬주섬 챙겼다.

"나 수업 가야 해."

부담 주지 않으려 애쓰는 얼굴이었다.

"누가 뭐라고 그랬어?"

가방에 시선을 주었던 김미영이 고개를 돌렸다. 눈에 아쉬움이 진하게 담겨 있었다.

"아빠가 찬이 하는 일을 절대로 방해하지 말고, 부담 줘서는 안 된다고 그랬어."

"그래서 그렇게 일어나는 거야?"

"응."

억지로 하는 대답이었다.

이대로 헤어지는 것과 한 시간쯤 같이 있는 것, 어느 것이 김미영에게 더 좋을까?

아쉽지만 여기까지가 좋다.

강찬은 김미영과 함께 아이스크림 가게를 빠져나왔다.

"미영아?"

김미영이 강찬의 눈을 바라보았다.

"혹시 다음 주에 시간 내 달라고 하면 하루쯤 비울 수 있어?"

"응!"

김미영이 반갑게 답했다.

"내가 전화할게."

만져 보고 싶고, 안아 보고 싶었지만, 강찬은 웃기만 했다.

"갈게!"

김미영이 손을 흔들고는 사람들 사이로 사라졌다.

집에 들어갈 시간이었다. 이상하리만치 아쉬웠는데, 그렇다고 매달릴 수도 없었다.

웅웅웅. 웅웅웅. 웅웅웅.

"여보세요?"

[강찬 씨, 승인이 떨어졌습니다. 출발 시간과 장소를 알려 주면 대원들을 보내겠습니다. 서울까지 2시간의 최소 여유가 필요합니다.]

"알겠습니다. 바로 연락드릴게요."

김미영을 만나길 잘했다는 생각이 들었다.

그리고 짧게 헤어진 것도.

"부르셨습니까?"

"차동균! 우리 단독 작전으로 바뀌었다. 저격수 포함 12명을 더 선발한다."

최성곤이 고개를 들어 앞에 서 있는 차동균의 얼굴을 들여다보았다.

"왜?"

"아닙니다. 너무 반가운 소식이라 그렇습니다."

최성곤이 책상에서 일어나 차동균의 앞으로 움직였다.

"빨리 12명 명단 가지고 와. 바로 출발이다."

"감사합니다, 장군님."

최성곤이 입을 길게 늘이며 미소 지었다.

"야 인마."

"예, 장군님."

부른 최성곤도, 대답한 차동균도 다른 말을 못하고 눈만 들여다보고 있었다.

"얼른 명단 제출해."

"알겠습니다."

차동균이 빠르게 몸을 돌렸다.

⚜ ⚜ ⚜

이제는 작전에 집중해야 할 때였다.

우선 라노크에게 전화를 걸었고, 내용을 설명했다.

[강찬 씨! 고맙습니다. 오산 비행장에서 04시 출발이면 적당합니다. 03시에 지난번 그 자리에 승합차를 보내겠습니다.]

이어서 김형정에게 내용을 설명했고, 다시 석강호와 통화했다.

[어디요?]

"대치동."

[그럼 새벽 2시 30분에 그 커피 전문점에서 봅시다.]

"그러자."

다음은 최종일이다.

어플을 누르자 바로 답이 왔고, 어플을 끊자마자 사거리에 차가 섰다.

"집에 데려다 줘. 그리고 논현역 3번 출구 커피 전문점에서 새벽 2시 30분에 석강호와 만나기로 했어."

최종일은 듣고만 있었다.

"우리 팀만으로 작전에 나가기로 했다. 집에 다녀와."

"정말입니까?"

최종일이 화들짝 놀란 얼굴로 반문하고, 우희승과 시선을 마주쳤다.

"지금쯤 차동균 중위가 새로 팀을 짰을 거야. 시간이 촉박해서 안됐지만, 지금이 9시 50분쯤이니까 만나고 싶은 사람 만나고 와."
"알겠습니다."
최종일의 답이 든든했다.

⚜   ⚜   ⚜

 번호 키를 누르고 들어섰을 때 유혜숙이 고개를 내미는 것이 보였다.
"어머니!"
"아들!"
강대경이 미소 짓는 앞에서 유혜숙을 안았다.
"저녁은?"
"먹었어요. 그런데 어머니, 저 또 바로 가야 돼요."
"또?"
"예, 며칠 걸릴 거예요."
"그럼 주말까진 와?"
아차차!
강대경과 이야기를 했는데도 적당한 답이 떠오르지 않았다.
"찬이가 비밀이라잖아. 자꾸 물어보면 재미없어진다."
"당신은 뭔지 알지?"
"내가 어떻게 알아? 그냥 아들이 비밀이라니까 그런가 보다 하는 거지."

유혜숙은 강찬이 없을 때, 강대경을 닦달해 보겠다는 듯한 눈초리였다.

마법처럼 강찬을 보는 유혜숙의 표정이 평화로웠다.

"몇 시 출발이니?"

"집에서 12시쯤 나가면 돼요."

조금 이른 시간이지만, 강대경과 유혜숙이 잠을 못 잘 걸 생각하면 그 시간이 적당했다.

우선 씻고 나왔다.

"아들, 엄마 출출한데 닭 시켜 먹을까?"

"그럴까요?"

닭을 시켰다.

자동차 판매 이야기, 재단 이야기.

유혜숙이 전하는 이야기를 들으며 시간을 보냈다.

12시가 되었다.

양치를 마치고 현관에 다시 섰을 때 유혜숙은 너무도 서운한 표정이었다.

"다녀올게요."

"응. 조심해서 다녀와."

유혜숙을 안고 나자, 강대경이 등을 두드려 주었다.

강찬은 손을 뻗어 그런 강대경을 안았다.

"조심해라."

속삭이는 것처럼 전한 말이었다.
팔을 푼 강대경은 아무 말도 하지 않았다는 얼굴로 강찬의 어깨에 두 팔을 걸었다.
여행 가고 싶었다.
이렇게 좋은 두 사람과 함께.

제3장

어떻게 된 거야?

커피 전문점에 도착한 시각은 자정에서 30분이 지난 시간이었다. 석강호와 약속한 것이 새벽 2시 30분이니 2시간을 기다려야 했다.

'까짓 2시간.'

집에 있었으면 잠들지 못했을 유혜숙을 생각하면 이것이 훨씬 마음 편한 일이다.

담배를 피울 욕심으로 테라스의 빈자리를 보던 강찬은 그만 풀썩 웃고 말았다. 최종일, 우희승, 이두범이 주르륵 몸을 일으키고 있었다.

"커피 드시겠습니까?"

"응. 연하게 부탁해."

어떻게 된 거야? • 89

이두범이 빠르게 주문대로 움직였다.

테이블 위에 놓인 재떨이에 담배꽁초가 제법 있는 것으로 봐서 훨씬 전에 도착한 모양이었다.

"집에 안 들어갔어?"

"갔다 왔습니다. 늦게 부스럭거리면 애가 깹니다. 그냥 출장 핑계로 얼굴만 보고 바로 나왔습니다."

이두범이 커피를 가져와 뚜껑을 열어 주었다.

한 모금 마시자 닭튀김에서 느꼈던 느끼함이 많이 사라졌고, 대신 담배가 생각났다.

찰칵.

불을 붙인 강찬은 길게 연기를 뿜어내며 세 사람을 보았다.

이 중 누가 죽고, 누가 살아서 돌아올지 모른다. 그런 생각이 들자 작전의 무게가 실감 났다.

말이 SBS지, 전 세계 어느 특수팀과 비교해도 실력이나 경험이 뒤떨어지지 않는다.

강찬은 의자의 등받이에 몸을 기대고 잠시 계산을 해 보았다.

제 몫을 할 수 있을 거라 기대할 수 있는 사람은?

무조건 다예루.

이 새끼는 SBS와 충분히 붙어 볼 실력을 지녔다.

다예루의 사격과 반응속도는 강찬도 충분히 인정할 만했

다. 거기다 풍부한 경험과 긴장을 잡아먹는 강단을 생각하면? 하여간 어딜 던져 놔도 제 몫은 한다.

다음은 최종일, 차동균, 곽철호다.

실력은 고개를 끄덕이게 하는데 경험을 생각하면 의문부호가 붙는다.

잘하는 짓인지, 못하는 짓인지!

하지만 한 가지는 분명했다.

어설픈 작전에 끌려 다니는 것보다 이런 작전이 실력을 키우는 데 백배쯤 도움 된다는 것.

물론 살아 돌아와야 경험이니 뭐니 가능한 거다.

세계 최강이라던 외인부대 제6연대 특수팀이 알제리에서 장렬하게 전원 사망한 이후, 제13연대 특수팀이 지금까지 명성을 이어 오는 것도 그런 이유다.

"후우."

강찬은 피우던 담배를 커피 찌꺼기에 꽂아 넣었다.

"걱정되십니까?"

최종일의 질문에 고개를 끄덕였다.

"실력도 그렇고, 경험도 그렇고. 솔직히 벅찬 작전이야. 아버지와 저녁을 먹으며 의논했을 정도로 자신이 서지 않은 것도 사실이고."

최종일뿐만 아니라 우희승, 이두범도 강찬의 말과 표정에 집중하고 있었다.

"실탄 연습을 결심했을 때의 계산은 간단해. 훈련장에서 팔다리가 뚫리는 게 작전에 나가서 죽어 돌아오는 것보다 훨씬 낫다, 이런 거. 몽골 작전에서 죽은 대원들의 관에 태극기 배지를 꽂는 소리가 아직도 귀에 생생해. 죽음이 두렵지 않다고?"

강찬이 최종일을 시작으로 세 사람을 차례로 보았다.

"특수대는 그런 거라고? 그럴 수 있다고?"

강찬은 도로를 향해 고개를 돌려 잠시 지나가는 차들을 보았다.

"죽은 놈들은 가슴에 담겨. 내가 좀 더 달렸더라면, 내가 좀 더 현명했더라면, 그리고 내가 좀 더 악착같이 훈련시켰더라면……."

나직하게 한숨을 내쉰 강찬이 커피를 한 모금 마셨다.

"눈빛이 달라지셨습니다."

최종일의 말에 피식 웃었다.

아프리카에서의 전투를 생각하고, 작전에 나간다는 것이 실감 나자 실제로도 날이 서는 느낌이었다. 며칠 전부터 느꼈던 찜찜함이 털리지 않은 이유도 있었다.

강찬이 담배를 잡았을 때였다. 최종일이 고개를 한쪽으로 기울이다 자리에서 일어났다.

고개를 돌린 곳에서 석강호가 택시 문을 닫고 있었다.

"벌써 왔소?"

"왜 이렇게 일찍 왔냐?"

이두범이 커피를 가지러 주문대로 움직일 때 석강호는 옆 테이블의 의자를 가져와 강찬의 곁에 앉았다.

"잠들기도 어정쩡해서 커피나 한 잔 때려 주려고 했지요. 어쩐지 빨리 나가고 싶더니 이렇게 만나려고 그랬던 모양이오."

이두범이 커피를 놓아주자 석강호가 고맙다고 한 후, 뚜껑을 열었다.

석강호의 눈빛과 표정이 반쯤 바뀌어 있었다.

최종일도 눈치챈 모양인지 강찬과 석강호를 번갈아 보고 있었다.

"뭔 일 있었지?"

담배에 불을 붙이느라 석강호는 눈만 움직였다.

"후우, 이상하게 마누라가 이번만큼은 가지 말라고 매달립디다. 안아 주고 나서도 자꾸 품을 파고들고. 돈 잘 벌지, 체력 좋아졌지. 아무래도 내가 너무 매력적으로 변했구나 싶소."

넉살 좋게 떠들면서도 석강호는 편치 않은 얼굴이었다.

이걸 빠지라고 해?

아서라. 자신도 분명 작전에 못 가게 지랄할 거고, 악착같이 놓고 가면 마음 불편해서 견디기 어려울 거다.

"나 빼놓을 생각 같은 건 마쇼."

강찬은 얼른 담배를 집었다.

머리가 좋아지더니 눈치도 빨라졌다.

"느낌은 어때요?"

"별로다. 찜찜한 게 안 떨어져."

"가서 털어 버리고 옵시다."

석강호가 별거 아니라는 투로 말을 하고는 커피를 마셨다.

"애들은 공항으로 바로 오기로 했소?"

"응."

대화가 잘 이어지지 않았다.

툭툭 말을 던지고는 있지만, 시간이 흐를수록 긴장을 잡아먹는 것처럼 석강호의 눈빛이 점점 더 번들거렸다.

SBS의 실력이 얼마나 무서운가를 아는 것과 모르는 것의 차이가 석강호와 최종일의 표정 차이일 거다.

"아후! 여긴 뭐 먹을 거 없나?"

"빵 종류가 있습니다."

"있어 봐. 먹을 건 내가 고르는 게 편해. 뭐 먹을래?"

다들 내키지 않은 눈치였는데도 석강호는 크림이 잔뜩 얹어진 식빵을 3개나 사 왔다.

"먹자. 자꾸 먹고, 잘 수 있을 때 무조건 자."

석강호가 포크로 빵을 찍을 때였다.

강찬은 퍼뜩 생각나는 게 있었다.

"야! 나 편의점 좀 다녀올게."
"뭔지 알겠소. 내가 다녀오면 되지."
입가에 크림을 잔뜩 묻히고 석강호가 몸을 일으켰다.
"빵 먹고 있어. 심심해서 그러니까."
"제가 다녀오겠습니다."
"같이 가자."
이두범이 강찬을 따라 편의점으로 움직였다.
작은 편의점이라 그런지 물건이 많지 않았다.
바구니에 편의점에 있는 거의 모든 봉지 커피와 컵라면, 그리고 봉지 라면을 담았다.
"이거 말고 더 없어요?"
"안에 더 있는데 갖다 드려요?"
아르바이트임이 분명한 여학생이 의심스러운 눈치로 강찬과 이두범을 보았다.
뭐가 의심스러운 거지?
"그럼 커피 다섯 상자하고 컵라면 다섯 상자 부탁해요."
이렇게 되면 바구니에 넣은 게 필요 없다.
혹시 몰라서 기다렸는데 여학생이 커피 세 상자와 컵라면 두 상자를 들고 왔다.
"지금은 이게 전부예요."
"그럼 이것까지 한꺼번에 계산해 주세요."
카드를 꺼내 계산을 마친 다음 강찬이 비닐봉지를 들었

고, 이두범이 라면 상자를 양팔에 끼고 편의점을 나왔다.
"이걸 먹을 곳이 있습니까?"
"나중에 고마워서 눈물이 날걸?"
"생각지도 못했습니다."
커피 전문점에 도착하자 최종일과 우희승이 웬 라면인가 하는 표정으로 상자를 살폈다.
석강호가 악착같이 빵을 다 먹고 커피, 담배를 즐겼을 때쯤 시간이 되었다.
웅웅웅. 웅웅웅. 웅웅웅.
강찬은 전화를 들어서 발신자를 확인하고 통화 버튼을 눌렀다.
"대사님, 강찬입니다."
[강찬 씨, 스위스 쪽이 아니라 프랑스로 이동하는 게 좋겠습니다. 만약 SBS가 움직이면 뒤를 쫓는 것보다는 프랑스에서 그들을 찾아 전진하는 게 나을 거라는 정보총국의 판단입니다. 작전지역 지도를 가진 안내인이 함께 비행기에 탑승할 겁니다.]
"지도를 보고 결정해도 되나요?"
[이 작전의 지휘자는 강찬 씨입니다. 정보국과 정보총국은 정보를 전달할 뿐이고, 판단과 결정은 전적으로 강찬 씨에게 있습니다.]
"그럼 비행기에서 결정하겠습니다."

[강찬 씨.]

라노크가 가면을 벗더니 이젠 음성에 감정까지 담는다.

"대사님, 너무 늦게 주무시면 건강 해칩니다. 다녀와서 안느와 골프 한번 치러 가시죠."

수화기 너머에서 웃음소리가 건너왔다. 그런데 한숨으로 끝났다.

"한국팀을 믿어 주셔서 감사합니다."

[강찬 씨, 나는 강찬 씨를 믿는 겁니다.]

웃는 소리로 통화가 끝났다.

아직도 석강호를 제외한 세 사람은 불어를 능숙하게 지껄이는 강찬을 신기한 눈빛으로 보았다.

"차 왔소."

도로를 살피던 석강호의 말대로 검은색 승합차가 출구 앞에 멈춰 섰다.

저절로 숨이 들이마셔지는 순간이었다.

강찬이 다가가자 문이 열리고, 요원 한 명이 주변을 빠르게 훑었다.

⚜ ⚜ ⚜

오산에 도착한 것은 정확하게 3시였다.

이미 통화했던 대로 비행장 앞 사거리를 지나자 관광버스와 승용차가 서 있었다.

강찬이 탄 승합차가 버스 앞에 멈추자, 문이 열리고 최성곤과 차동균이 내렸다.

강찬이 다가갔을 때 최성곤이 불쑥 손을 내밀었다.

얼결에 잡은 손이다.

'부탁합니다.'

최성곤의 눈빛이 전하는 말은 알아들었다.

"장군님, 최선을 다하겠습니다."

입술을 굳게 다문 최성곤이 고개를 끄덕였다.

프랑스 요원이 다가와 안으로 들어가면 된다고 알려 왔다.

"나는 여기 버스로 함께 갈 테니까 입구에서 기다려."

"알겠습니다, 무슈 강."

요원이 깍듯하게 답을 하고 승합차에 올랐다.

"잠시만 시간을 주실 수 있겠소?"

"출발까지 한 시간 정도 여유 있습니다."

최성곤이 버스에 올라가 대원들의 손을 잡고, 어깨를 두드려 주는 모습이 앞 유리를 통해 드문드문 보였다.

"저 양반이 애들을 엄청 아꼈나 보우."

석강호의 느낌은 그랬나 보다.

강찬은 담배를 피워 물었다.

찰칵.

"후우."

최성곤의 눈빛에 담긴 안타까움이 작전의 어려움을 알려 주는 듯싶었다.

얼마나 살아 돌아올 수 있을까?

죽은 놈들을 가슴에 담고 견딜 수 있을까?

강찬이 한숨처럼 담배 연기를 뿜어낼 때였다.

진청색 승합차 3대가 버스 앞으로 다가왔다.

'이 시간에 뭐지?'

강찬이 날카롭게 노려볼 때, 다가온 승합차는 아예 1차 선을 막다시피 하며 강찬의 앞, 버스 운전석 옆에서 멈춰 섰다.

석강호와 최종일도 경계하는 자세였고, 대원들과 인사를 마친 최성곤이 빠르게 내려왔다.

드르륵.

염병!

강찬은 빠르게 담배를 바닥에 던지고 발로 밟았다.

문재현이었다.

그 뒤를 황기현과 경호 요원들이 받치고 있었다.

"강찬 씨."

강찬과 악수를 나눈 문재현이 최성곤에게 손을 내밀었다.

"각하, 이곳에서는 관등성명을 대지 못합니다."

"압니다. 우리 대원들은 버스 안에 있습니까?"

"그렇습니다."

문재현의 뜻을 알아들은 최성곤이 빠르게 버스 앞으로 움직였다.

윤곽만 보인다.

한 명씩 자리에서 일어났고, 문재현과 포옹을 했다.

10분가량 지난 뒤에 문재현과 최성곤이 버스에서 내려왔다.

문재현의 빨갛게 변한 눈에 눈물이 그렁그렁 담겼다.

"강찬 씨, 부탁합니다. 모두 무사히 돌아올 수 있도록 최선을 다해 주세요."

"예, 각하."

악수를 할 줄 알았다. 그런데 한 걸음 다가온 문재현은 강찬을 안았다.

이런 남자도 있는 거다.

석강호, 그리고 최종일, 우희승, 이두범을 안아 준 문재현이 머리에 새기듯 버스를 돌아보고는 승합차에 올랐다.

"강찬 씨, 잘 부탁합니다."

설마 최성곤도 포옹하는 건 아니겠지?

그랬다.

그런데도 강찬은 멍한 눈으로 최성곤을 볼 수밖에 없었다. 그가 자세를 꼿꼿하게 세우고 강찬에게 경례를 하고 있었다.

강찬은 빠르게 손을 올렸다.
'내 새끼들을 잘 부탁합니다.'
'최선을 다하겠습니다.'
착!
손을 내린 최성곤은 곧바로 승용차로 움직였다.
"후우."
출발이다.
문재현이 달려오고, 최성곤이 저렇게까지 한 것은 처음인데다, 맞서야 하는 적이 너무 강한 탓일 거다.
강찬 일행은 바로 버스에 올랐다.
자리를 비워 놓은 앞쪽에 앉자마자 버스가 출발했다.
버스 안이 사명감과 각오로 빡빡하게 차 있어서 지금 붙으면 SBS도 이길 것 같았다.
강찬이 피식 웃는 사이 버스가 입구에 도착했고, 프랑스 요원의 손짓에 출입문이 바로 열렸다.
승합차가 비상등을 켜고 관광버스 앞을 달려 C295 수송기 앞까지 안내했다.
수송기의 엔진 소리는 늘 서두르라고 재촉하는 것처럼 들린다.
대원들이 일어나 짐칸에서 천으로 된 점프 백을 꺼내 드는 사이, 강찬은 먼저 차에서 내렸다.
승합차에서 프랑스 요원이 커피 상자와 라면 상자, 비닐

백을 들고 있어서 우희승과 이두범이 받았다.

이제 시작이다.

강찬이 지켜보는 앞에서 모든 대원들이 수송기에 올랐다.

"행운을 빕니다."

프랑스 요원이 인사를 마치고 승합차에 오르는 것을 보고 난 뒤에 강찬과 석강호도 수송기에 올랐다.

끄으으응.

문이 닫혔다.

역시나 벽에 걸어 놓은 침대가 있었고, 대원들은 가장 아래 침대에 주르륵 걸터앉았다.

떵. 떵. 떵.

드드드드드!

기다렸다는 것처럼 비행기가 출발해서 당장 무언가 말하기는 어려웠다.

활주로의 굴곡을 완벽하게 전해 주던 수송기가 허공에 떠올랐다.

"앞으로 최소 12시간을 비행한다!"

대원들의 시선이 일제히 강찬에게 달려들었다.

"가능하면 자 둬라. 앞쪽에 봉지 커피와 컵라면을 두었으니까 먹고 싶은 사람은 편하게 꺼내 먹고. 질문!"

"담배 피워도 됩니까?"

"불만 내지 않는다면 아무 상관없다!"

강찬이 피식 웃으며 답을 한 이후로 질문은 없었다.

"푸흐흐흐, 설레우!"

침대에 걸터앉았을 때, 석강호가 눈빛을 번들거리며 담배를 권해 주었다.

안내할 사람이 함께 탄다고 했는데?

담배를 피우며 조종석 쪽을 바라보는 순간이었다.

휘장을 젖히고 나오는 사람이 있었다.

"어?"

대원들의 시선, 석강호의 놀란 소리에 아랑곳하지 않고 사내는 강찬의 앞으로 다가왔다.

제라르였다.

"놀라셨죠?"

"어떻게 된 거야?"

강찬의 반응이 만족스럽다는 듯 제라르가 입을 열었다.

"어깨에 구멍이 나서 작전에 참가할 수 없었습니다. 뭐, 이쪽에 왔던 경험도 있고, 프랑스 쪽이야 원래 제 바닥이니까 안내하기도 편하고. 지원했습니다."

"어깨는?"

"아직 두 달 더 지켜본 뒤에 작전 투입 여부를 알려 준답니다."

"저 새끼가 뭐라는 거요?"

강찬은 빠르게 제라르의 말을 설명해 주었다.

"그래도 모르는 놈보다는 훨씬 낫소."
"다예루가 뭐라고 하는 겁니까?"
두 새끼가 만나자마자 사람을 피곤하게 한다.
"모르는 사람보다 낫단다."
뜻을 전해 주자마자 두 놈이 마주 보며 히죽 웃었다.
"앞에 봉지 커피 잔뜩 사 놨습니다."
"한잔할래?"
"그래야죠. 담배도 하나 피우고 싶구요."
제라르가 움직여서 커피를 타 왔고, 셋이서 담배도 물었다.
대원들도 삼삼오오 모여서 봉지 커피와 담배를 피워 댔지만, 연기 걱정은 없었다. 내부의 공기가 문과 화물칸의 틈으로 곧장 빨려 나간 덕분이다.
"막내 기억하시죠?"
"왜?"
죽었나?
강찬의 시선을 받은 제라르가 씨익 웃었다.
"그 새끼, 대장 흉내 내고 다닌답니다. 벌써 제 몫을 다 한다는데, 병아리가 중닭 흉내 내는 꼴인 것 같아서 사고 칠까 봐 조마조마합니다."
강찬이 피식 웃은 다음이었다.
"대장, 이런 말 대장한테 하기는 이상한데 이번 작전은 이상하게 감이 안 좋아요. 느낌 어때요?"

제라르가 종이컵에 담배를 던져 넣으며 시선을 들 때였다.

드드드드드! 카라라라랑!

수송기가 뚝 떨어지는 느낌이 든 후에 다급한 엔진 소리가 들렸다.

"에이!"

석강호가 손에 흘린 커피를 털어 낸 다음 옷에 쓱 문질렀는데, 덕분에 감이 어쩌고 하는 제라르의 말에 대꾸하지 않아도 되었다.

"쓸데없는 소리 말고 지도나 꺼내 봐."

"가져오겠습니다."

휘장 안으로 들어간 제라르가 4장의 지도를 들고 왔다.

커다란 지도는 책상 넓이만 해서 바닥에 내려놓자 대원들 전체가 볼 수 있을 정도였다.

"목표 지역은 여기, 꼴 데 꼬흐보(Col des Corbeaux), 정확하게는 스위스입니다. SBS는 이 지역에 있을 거랍니다."

"프랑스 쪽에서 넘어가자고 하던데?"

"예. 어차피 꼴 드 쥬네브히에 군사기지에 내려서 헬리콥터로 이동할 테니까 차라리 앞에서 맞이하는 게 훨씬 유리하기는 합니다."

"이 정도로 험한 산에는 길이 뻔하잖아. SBS가 바보도 아니고, 굳이 이런 길로 움직일 것 같지는 않은데?"

강찬의 질문에 제라르가 진지하게 고개를 끄덕였다.

"이걸 보십시오."

제라르는 신문을 반으로 접은 크기의 지도를 강찬의 앞에 새로 펼쳤다.

"두 지점을 잇는 길이 하나밖에 없습니다. 문제는 여기서부터 여기까지 5킬로미터 구간입니다. 이 지점은 매복이 가능할 정도로 평탄하고, 또 위급할 때 산악으로 들어가기도 쉽습니다."

"SBS가 도착한 지 얼마나 됐지?"

"오늘로 사흘째입니다."

강찬은 인상을 찌푸리며 지도를 들여다보았다.

"점프는 어려울 거 같고."

"저격수들이 신나서 쏘아 댈 겁니다."

SBS가 매복해 있는 허공에 낙하산을 타고 내려가면 제라르의 말은 현실이 된다.

"제라르."

제라르가 시선을 들었다.

"강입자 충돌기 말이다. 그걸 파괴하러 오는 거라면 그쪽 경계를 강화하는 게 낫지 않나?"

"지넨느를 파견해서 경계를 강화했다는 말은 들었습니다."

"다른 지도는 뭐야?"

"주변 지역인데 전부 산악이라 특별히 눈여겨볼 것은 없습니다. 이쪽 산을 넘으려면 아예 전문 등반가 수준이어야 하고, 산소가 희박해서 빠르게 이동하지도 못합니다."

"무기는?"

"MP5SD입니다."

강찬은 고개를 끄덕였다.

특전팀이 가장 선호하는 무기다.

소리가 극도로 억제되었고, 그 외에 명중률, 장탄수도 만족스러운 소총이었다.

"대장, 한국팀만 움직여서 괜찮겠습니까?"

이 새끼가 왜 이렇게 진지하게 이러지?

강찬이 피식 웃는 것을 본 제라르가 지도의 한 곳을 찍었다.

"여기를 지키고 있다가 기습하는 것이 제일 좋을 것 같습니다. 그래서 프랑스 지역에서 넘어가는 것으로 계획을 잡은 겁니다. 헬리콥터가 그 바로 앞, 이곳까지 갑니다."

프랑스로 들어오려면 거쳐야 하는 외길의 진입로였다. 누구에게 물어보아도 그곳을 지목할 정도로 탁월한 위치였다.

"너는 어디까지 같이 가는 거냐?"

제라르가 불만스러운 눈초리로 강찬을 보았다.

"어깨에 구멍 난 놈을 챙길 정도로 여유 있는 게 아냐. 기분은 알겠다만, 냉정하게 생각하자."

"원래는 헬기를 타고 돌아오게 되어 있습니다."

부상당한 몸으로 끼어드는 것이 얼마나 부담스러운 일인지를 아는 제라르다. 나직하게 한숨을 뿜어냈지만, 다른 말을 하지는 못했다.

"제라르, 잘 들어. 여기가 알파, 그리고 여기가 베타다."

강찬이 고개를 바싹 대고 말하자 제라르가 빠르게 강찬이 짚어 준 곳을 확인했다.

"헬기로 복귀한 이후에, 문제가 생기면 이 두 지역 중 하나를 기점으로 작전을 짜라. 너와는 어떻게 연락하면 되는 거지?"

"지난번처럼 위성 전화를 사용합니다."

강찬은 고개를 저었다.

"위치가 너무 쉽게 노출돼. 매일 08시, 혹은 20시에 전화를 켰다가 10분 안에 끌 거다. 연락할 일이 있으면 그때 해. 대신 우리 쪽에서 연락할 수 있도록 너는 계속 대기하는 걸로 하자."

"알겠습니다."

제라르가 불안한 눈초리로 강찬을 보았다.

"사실 느낌이 좋지는 않아. 출발하기 며칠 전부터 찜찜했고. 안내원이 너여서 정말 다행이다."

"얼마나 안 좋은 겁니까?"

강찬은 빠르게 주변을 둘러보았다.

"아직은 몰라. 너도 알지만, 상황이 닥쳐서 느껴지는 게 전부니까. 혹시 작전이 틀어지면 기본 작전은 네가 다시 짜라. 어쩔 수 없이 잘못된 정보를 전할 상황이 되면 어떡해서든 다예루를 넣어. 그러면 네가 협박당하고 있다고 알아듣고 내가 따로 움직일 테니까."

"그 정도로 안 좋습니까?"

"너니까 생각해 낸 거야. 다른 사람이 왔으면 이런 말을 어떻게 하겠냐? 그냥 혹시나 해서 정해 놓는 거라고 생각해."

제라르가 굳게 입을 다물고 고개를 끄덕였다.

"그래도 네가 와서 정말 다행이다. 적어도 뒤를 의심하지는 않아도 되니까."

강찬의 말에 제라르가 씨익 웃었다.

"바로 가지는 못할 거고, 중간 기착지는?"

"카타르 미군 기지에서 급유합니다."

시간 여유는 충분히 있었다.

"무기는?"

"누구 한 명이 도와줬으면 싶은데요."

강찬의 눈짓에 석강호가 몸을 일으켰다. 전에 경험했던 일이다.

드르르르르. 철컹. 철컹. 드르르륵.

커다란 박스가 옮겨졌고, 문을 열자 군복과 무기 등이 안쪽에 진열되어 있었다.

"군복은 가져온 게 있습니다."

"어떤 건데?"

차동균이 얼른 점프 백을 열어 가져온 군복을 보여 주었다.

물 빠진 회색 군복이다. 뒤집으면 녹지에서 입기에 적당한 위장복이 된다.

프랑스는 늦가을 날씨지만, 산악이라 초겨울 날씨로 짐작하는 게 맞다.

물 빠진 회색이면 위장하기에 나쁘지 않다.

"그걸로 입어."

"몸에 맞을 만한 걸 몇 벌 더 가져왔습니다."

차동균의 지시에 대원 한 명이 옷과 두건, 그리고 헬멧을 가져다주었다.

옷을 갈아입고 군화를 신은 다음, 두건과 헬멧, 그리고 무전기를 걸었다.

다음은 무기다.

"얼마나 걸릴지 몰라. 실탄을 최대한 확보하고, 백에 침낭과 필요한 장비들 알아서 넣어."

강찬은 전과 같이 소총 탄창 6개, 권총 2자루, 권총 탄창

4개, 보위 나이프를 몸에 걸었다.

그 외에 백에 별도의 탄창과 침낭, 야전 도끼, 삽, 자일 등 그 외에 필요한 것들을 넣었다.

준비를 마치고 나자 마음이 한결 든든했다.

"조는 지난번과 같다. 1조는 내가 지휘하고, 2조는 석강호가 한다. 1조!"

최종일을 포함한 대원 12명이 손을 들었다.

"2조!"

새롭게 손을 든 대원들을 석강호가 쭉 둘러보았다.

이 정도면 일단 기본 준비는 끝났다.

강찬이 자리에 앉았을 때였다.

차동균이 검은색 가죽 끈으로 된 시계를 가져와 강찬과 석강호에게 건네주었다.

나쁠 것 없다.

시계를 차고 담배를 하나 피웠다.

"이제는 한숨 자면 되는 거지?"

"안쪽에 좀 더 편한 침대가 있습니다."

"됐다. 환자용에 누워서 뭐할 거냐? 난 여기서 잘 테니까 식사할 때 보자."

"알겠습니다."

강찬이 침대를 둘러보자 제라르가 몸을 일으켰다.

이미 절반 이상이 침대에 몸을 눕혔다.

"잘 거요?"

"응. 너도 좀 자 둬."

"그럽시다."

석강호가 위의 침대로 올라가는 것을 본 강찬은 몸을 눕혔다. 엔진음과 비행기 바닥에서 전해지는 묘한 진동이 자장가처럼 들렸다.

⚜   ⚜   ⚜

순간처럼 느껴질 만큼 깊게 잤다.

평소에 일어나는 시간이 있어서 자연스럽게 잠이 깬 강찬은 상체를 일으켜 침대에 앉았다.

아침을 먹을 때까지 시간은 좀 더 있다.

비행기 뒤쪽으로 움직여 생수를 한 병 꺼내 마시고, 다시 침대에 앉았다.

대원들이 하나둘씩 일어나 침대에 앉기 시작했고, 30분쯤 지나자 석강호도 몸을 일으켰다.

"으아아!"

요란스럽게 기지개를 켠 석강호가 침대에서 내려와 강찬의 옆에 걸터앉았다.

"눈빛이 왜 그래요?"

"어떤데?"

"독이 잔뜩 올랐소. 감이 그 정도로 안 좋은 거요?"
"글쎄."

감은 모르겠지만, 자고 일어나서 날카롭게 날이 선 건 사실이다.

석강호가 생수병을 들어 물을 마실 때 제라르가 나왔다.
"식사합시다."

강찬의 눈빛을 본 제라르는 다른 말을 하지 않았다.

드르르르. 철컹.

직사각형의 박스를 한가운데 끌고 온 제라르가 바퀴를 고정시켰다.

차르륵.

양쪽 면을 절반씩 열자 안에 씨-레이션이 잔뜩 들어 있었다.

제라르가 3개를 들어 강찬과 석강호에게 건네주고 앞에 마주 앉았다.

대원들도 알아서 가져갔다.

사양할 게 아니다.

안에 담긴 것을 다 먹고, 커피를 마시고, 담배도 피웠다.

아침을 먹고 한 시간쯤 자고 났을 때 카타르의 미군 기지에 도착했다.

말대로 급유만 하고 바로 출발했고, 중간에 컵라면에 씨-레이션을 한 번 더 먹었다.

역시 얼큰한 게 들어가야 속이 풀린다.

시간이 흐를수록 대원들의 눈빛과 표정이 바뀌는 것을 느끼고, 보았지만 그거야 뭐라고 할 일은 아니었다.

우희승이 위성 전화기를 받아서 넣었고, 대원 2명이 별도로 약품을 확인하는 것 외에 다른 일은 없었다.

꼴 드 쥬네브히에 군사기지에 수송기가 내린 것은 프랑스 시간으로 오전 9시 16분이었다.

시계를 맞추고 곧바로 치누크로 옮겨 탔다.

특별한 연락이 없는 것으로 봐서 다른 정보는 없는 모양이었다.

두두두두두두.

귀가 얼얼할 정도의 소리가 사방으로 퍼져 나갔고, 초겨울의 차가운 바람이 곧바로 얼굴을 때리고 지나갔다.

헬리콥터에 옮겨 타자 제라르가 오히려 긴장한 표정을 지었다.

여기서 한 시간만 지나면 작전지역이다.

강찬은 조금씩 숨소리가 들렸다.

긴박한 상황도 아니다. 그저 작전에 나섰을 뿐이다.

아직 목표 지점까지 한 시간이 남았으니 거리로, 그것도 산악 지역임을 감안하면 충분히 반나절 거리가 넘는다.

강찬은 이를 악물고 밖을 노려보았다.

황량한 산이 계속 펼쳐져 있었다.

'왜 이러냐!'

 짜증이 날 정도로 독이 올랐다.

 석강호와 제라르가 말도 걸지 못하고 강찬의 눈치를 살폈다.

 "후우."

 이건 아니다.

 강찬은 제라르를 보았다.

 "지도!"

 제라르가 얼른 준비했던 지도를 건네주었다.

 "지금 우리가 여기쯤이지?"

 "맞습니다!"

 "여기가 알파! 여기가 베타다!"

 "알고 있습니다!"

 "제라르! 여기서 레펠로 내려갈 테니까 헬기 잠시 멈추라고 해."

 "대장! 그렇게 하면 매복 지역까지 시간이 너무 걸립니다! 도보로는 하루가 꼬박 걸릴 수도 있습니다."

 "이대로 가는 건 내가 용납 못하겠어!"

 잠시 강찬의 눈을 마주 보던 제라르가 짧게 고개를 끄덕였다.

 "우리가 내려가면 바로 돌아가! 일이 꼬이면 믿을 건 너밖에 없다!"

어떻게 된 거야? • 115

"알겠습니다!"

제라르가 헬기 조종사에게 헤드셋으로 내용을 설명할 때였다.

치잇.

[레펠로 내려갈 테니까 준비하도록!]

무전을 통해 강찬이 악을 쓰자 대원들이 부산스럽게 움직였다.

"다예! 느낌이 안 좋아! 차동균하고 내려가서 경계를 맡아!"

"알았소!"

두두두두두두!

치누크가 커다란 몸뚱이를 돌리며 고도를 낮췄다.

거센 바람이 눌러 대는 것처럼 나무들이 헬기를 중심으로 사방으로 휘어졌다.

철컥! 철컥!

줄을 연결해 아래로 던지고, 대원 둘이 입구에 붙어 바깥을 경계했다.

강찬이 검지와 중지로 입구를 가리키자 석강호와 차동균이 레펠을 허리에 감은 채로 바로 내려갔다.

석강호의 신호를 받은 대원이 강찬을 보며 고개를 끄덕였다.

"내려가!"

강찬의 손짓에 2명씩 아래로 내려갔다.

두두두두두두!

경계 섰던 대원까지 모두 내려가자 강찬은 줄을 허리에 감았다.

"제라르! 간다!"

"조심하십쇼!"

제라르가 짧게 거수경례를 하는 것을 보며 강찬은 바닥으로 내려갔다.

두두두두두두!

헬기가 돌아서는 것을 본 강찬은 미리 보아 두었던 지역을 향해 이동했다.

가장 선두에 석강호, 중간에 차동균, 다음이 곽철호, 강찬, 그리고 가장 뒤가 최종일이었다.

미친 짓인지 모른다.

빠르면 반나절 늦으면 하루를 소비하는 짓.

식량을 생각해도 그렇고, 체력도 그렇고.

30분쯤을 걷고 나자 작은 평지가 보였다.

"정지. 일단 모두 모여."

대원들이 둥그렇게 모인 중간에 선 강찬은 손에 지도를 펼쳤다.

"우리가 있는 곳이 여기. 원래 헬기로 이동하려던 지점은 여기고."

왜 먼저 내렸는지 궁금할 법도 한데, 누구도 질문을 던지지는 않았다.

"잘 봐 둬. 이곳이 알파, 이곳에 베타다. 위급할 때면 내가 알파 리마나 알파 에코, 이런 식으로 외칠 거다. 그러면 알파로 오면 돼. 베타도 마찬가지고."

대원들이 고개를 끄덕였다.

"지금까지 들었던 작전 내용은 모두 잊어라. 가장 적당한 표현은 우린 지금 적진에 그냥 떨어진 거다. 빠르면 반나절, 길면 사흘거리를 먼저 내린 만큼 상황이 어떻게 변할지 모른다."

강찬은 대원들을 천천히 둘러보았다.

"지금부터 전투태세다. 위급하다고 판단하면 발사한다. 단, 연사는 없다. 차동균."

"예."

"앞과 뒤에 2명씩. 4명을 배치해."

서늘한 기온 탓인지 대원 하나가 코를 훌쩍였다.

"알았습니다."

대원 넷을 바라본 차동균이 손짓을 했다.

"우선 원래 목표 지점까지 이동한다."

강찬이 지도를 접어 넣자 대원들이 걸음을 옮겼다.

강찬도 대원도 오른쪽에 소총을 걸고, 방아쇠 고리에 손가락을 댄 채로 걷고 있었다.

또 느낀 거지만 훈련 상태는 죽인다. 산길을 걷는 대원들의 자세는 그만큼 단단해 보였다.

앞쪽에 경계병이 있는 만큼, 본진은 여유가 있다.

막상 걷기 시작하자 강찬은 헬리콥터에서 느꼈던 숨 막히던 긴장감이 어느 정도 가라앉았다.

어제 김미영과 아이스크림을 먹으면서 축제 이야기를 했는데 오늘은 프랑스와 스위스의 국경 지대를 걷고 있다.

눈부신 햇살.

표현하기 어려울 정도로 맑은 공기.

초겨울을 연상시키는 차가운 바람.

커다란 사진을 세워 놓은 것 같은 이국적인 산.

좋아하는 사람과 함께 걸어 보고 싶은 풍경이 연속해서 펼쳐지고 있었다.

손에 느껴지는 소총의 서늘한 감촉과 바싹 독이 오른 눈빛이 지금 마주한 상황에 집중하라는 신호처럼 느껴졌다.

이대로 가자.

가서 진입로를 선점하면 승산이 높아진다.

침묵 속에서 행진은 계속됐다.

등에 멘 군장의 무게는 어림잡아 20킬로그램 정도다.

이 중에서 하루에 두 끼 내지 세 끼를 먹어서 없어지는 씨-레이션을 감안하면 짐은 점점 더 가벼워질 거다.

갈 수 있을 때까지 우선 간다.

헬기로 목적지까지 갔다면 쉬울지 모르지만, 아까의 그 불안함을 이기며 갈 수는 없었다.

이 감각이 없었다면 어떻게 됐을까?

엄청난 승진을 했거나, 벌써 죽었거나.

솔직하게 말하면 승진 쪽이 더 확실했을 것 같았다.

샤흐란의 함정 이전에 맞이한 어떤 전투에서도 살아날 자신이 있었으니까.

주변을 살피던 강찬은 쓰게 웃었다.

천성이다. 이끄는 대원이 죽는 꼴을 보느니 지금처럼 엉뚱한 명령을 내리는 것이 말이다.

그러고 보면 지휘관들이 버리지는 못하지만, 썩 내켜 하지 않았던 이유를 알 것 같았다.

숨을 들이마시자 차가운 공기가 코를 통해 뇌로 바로 올라가는 것처럼 정신이 맑아졌다.

"정지!"

강찬의 나직한 말에 대원들이 걸음을 멈췄다.

주변을 날카롭게 둘러보던 강찬이 손짓으로 대원들의 위치를 정해 주었다.

치잇.

"경계병."

치잇.

[말씀하십쇼.]

치잇.

"조용하고 빠르게 합류해. 경계 늦추지 말고."

치잇.

[알았습니다.]

강찬은 천천히 주변을 둘러보았다.

산의 중턱을 비스듬하게 가는 길이다. 바위와 나무들에 둘러싸여서 외부에 발각될 리도 없어 보였다.

뒤쪽에 있던 2명의 경계병이 조심스럽게 모습을 드러냈다.

앞쪽은? 왜 안 오지?

강찬의 시선을 받은 다예루가 빠르게 앞을 보았다.

제4장

작전의 목표는

강찬은 빠르게 앞으로 움직였다. 눈짓을 본 석강호가 바로 따라붙었다.

목표 지점까지 최소 반나절 거리다.

이곳에서 적을 만날 이유는 없지만, 작전과 전투에서 사상자는 늘 예상하지 못했던 상황에서 나온다.

앞을 가린 바위의 좌측으로 강찬이, 우측으로 석강호가 돌아 나갔을 때였다.

앞쪽 경계를 맡았던 대원 둘이 총을 겨눈 채로 바위에 붙어 있는 것이 보였다.

이렇게 극도로 날카로울 때 함부로 다가가면 아군끼리 총질도 나온다.

자박.

강찬이 일부러 발소리를 내자 대원 하나가 뒤를 보았다.

사사삭!

강찬과 석강호는 빠르게 경계를 선 대원의 곁으로 붙었다.

대원은 검지와 중지로 눈을 가리킨 후, 수풀 너머를 가리켰다.

당장은 아무것도 발견하지 못했다.

그러나 이런 경우는 무조건 대원들을 믿어 주는 게 현명한 일이다.

산악 지형.

바위와 차가운 바람.

그리고 전나무처럼 가지가 높은 곳에만 나 있는 나무.

대원이 가리킨 곳은 20미터 전방이었다.

대화를 나누면 다 들린다.

강찬은 다예루와 시선을 맞췄다.

소총을 사격 자세로 들고, 최대한 몸을 낮춘 채로 앞으로 나갔다.

강찬의 반걸음 뒤에서 석강호가 비슷한 자세로 움직였다.

바람이 볼을 스칠 때마다, 나무에 가려진 햇살이 움직일 때마다 머리카락이 곤두서는 느낌이었다.

후욱. 후욱.

호흡 소리가 분명하게 들렸다.

내리막이다.

이대로 앞으로 나가면 적이 강찬과 석강호의 머리 부분을 발견할 수 있었다.

2인 1조.

반걸음 앞에 선 강찬은 앞을 맡고, 뒤에 선 석강호는 좌측과 우측을 맡는다.

총구를 좌측과 우측으로 천천히 돌리던 순간이었다.

두근두근. 두근두근.

강찬은 등줄기를 타고 한 줄기 냉기가 쭉 흐르는 느낌을 받았다.

콰악!

강찬은 석강호를 들이받았다.

콰자작!

피잉! 피잉!

석강호가 서 있던 뒤쪽의 흙이 총을 맞고 허공으로 튀었다.

파바바박!

저격인 거다.

강찬과 석강호는 바닥을 기면서 일어나 바위와 나무를 끼고 달렸다.

피잉! 펑! 파악!

바닥이 튀었고, 나무가 부서지며 날렸다.

화악!

대원들이 엎드려 있는 곳을 향해 몸을 날렸다.

콰악! 콰다닥!

후욱. 후욱.

자칫했으면 죽었다.

이런 사격은 절대로 일반 사격이 아니다. 저격수가 노리고 갈긴 거다.

강찬은 맞은편의 산을 보았다.

저기 어딘가 저격수가 있다.

거리는 대략 2킬로미터.

바람이 불지 않았다면, 석강호를 밀치는 것이 조금만 늦었다면 분명 둘 중 한 명은 죽었다.

그뿐만이 아니다.

앞쪽 경계병을 부르지 않았다면 이미 죽었을지 모른다.

치잇.

"최종일, 저격이 가능한 모든 지역을 경계하고 차동균, 20미터 앞쪽에 적이 있다. 포위됐을 가능성이 있으니까 대원들의 위치를 수정해."

치잇.

[알았습니다.]

후욱. 후욱.

저격병과 20미터 앞에 별도의 적이 있다.

막다른 길을 차지하려던 적이 저격병을 배치한 직후에 경계병과 마주쳤을 공산이 높았다.

왔던 길로 돌아가?

강찬은 고개를 저었다.

치잇.

"이두범, 내가 나간 쪽 정면 산에 저격할 수 있는지 확인해."

치잇.

[알았습니다.]

강찬은 빠르게 좌측과 우측을 확인했다.

치잇.

"최종일, 지금 있는 지역 위쪽에 적이 나타나거나 저격수가 있을 수 있다. 경계 확인해."

치잇.

[알았습니다.]

석강호가 강찬을 보았다.

'포위되었다고 보는 거요?'

강찬은 짧게 고개를 끄덕였다.

치잇.

[저격은 가능하지만 오르막 저격은 1.5킬로미터가 한계입니다. 명중률이 반으로 떨어집니다.]

이두범의 보고가 들렸다.

강찬은 이를 악물었다. 여기서 시간을 잘못 끌면 완벽하게 포위된다.

치잇.

"차동균, 총소리가 나면 대원 다섯과 지금 있는 위쪽을 확보해. 무슨 일이 있어도 머리 위에서 총알이 날아오지 못하게 해."

치잇.

[맡겨 주십시오.]

염병!

치잇.

"곽철호, 차동균이 위쪽 확보하면 대원 다섯과 뒤쪽을 맡아. 절대 먼저 움직이지 말고 위쪽 확보된 다음에 움직여."

치잇.

[알았습니다.]

치잇.

"최종일, 석강호와 내가 앞으로 다시 갈 거다. 만약 문제가 생기면 알파 지점으로 가라. 위성 전화로 알파라고 알려."

치잇.

[알았습니다.]

지시를 마친 강찬은 경계를 섰던 대원 둘을 보았다.

"적이 사격하면 엄호사격해."

대원이 빠르게 고개를 끄덕였다.

강찬은 대원의 헬멧을 두 번 두드렸다.

치잇.

"이두범, 앞쪽에서 저격이 있을 거다. 방향 짐작하고 갈겨. 절대로 편하게 저격하지 못하게 해."

결심은 섰다.

어설프게 차동균이 위쪽으로 올라가면 저격수의 좋은 먹이가 된다.

강찬은 석강호를 보았다.

앞으로 나가서 저격수의 시선을 끄는 거다. 그래야 차동균이 위쪽을 확보할 여유를 갖는다.

하나, 둘!

파바박!

이미 적이 있는 것을 알았다.

강찬은 가능한 앞산에 직접 몸이 노출되지 않도록 나무를 끼고 달렸다.

피잉! 피잉! 파악! 팍! 팍!

푸슝! 푸슝! 푸슝! 푸슝!

맞은편 산에서 총알이 날아왔고, 이쪽에서 대응 사격하는 소리가 터져 나왔다.

내리막이다.

앞쪽에서 적군의 흔적을 보았다고 했다.

터억!

강찬은 가능한 나무에 붙어 내리막을 향해 총을 겨눴다.

피잉! 핑! 파악!

아래쪽에서 총알이 날아왔다.

머리 위에서 나무가 터지면서 가루가 뿌옇게 날렸다.

후욱. 후욱. 후욱. 후욱.

피잉! 파악! 파악!

석강호가 몸을 웅크리며 자세를 최대한 낮추고 있었다.

저격병과 아래 있는 적에게 노출된 꼴이다.

피잉! 파닥!

머리 바로 위에서 나무가 튀는 순간, 강찬은 맞은편에서 불꽃이 튀는 자리를 보았다.

두 곳! 저격수를 지키기 위한 병력인 거다.

이대로 두면 석강호는 죽는다.

"다예!"

강찬은 내리막을 향해 몸을 던졌다.

개구리처럼 벌린 다리로 최대한 버티고, 허리를 세웠다.

강찬이 불꽃을 겨냥했을 때였다.

지이이이이익.

낙엽이 밀리며 몸이 아래쪽으로 미끄러지기 시작했다.

"씨발!"

석강호가 악을 쓰는 소리가 들렸고.

피잉! 핑! 피이잉!

푸슝! 푸슝! 푸슝! 푸슝!

연달아 총 쏘는 소리가 들렸다.

밋밋한 내리막이기를 기대했다.

그런데 삽시간에 10미터를 내려간 다음에 2미터 아래로 뚝 떨어지는 언덕이었다.

이대로라면 사격 연습용 표적이 된다.

강찬은 아예 버티던 다리의 힘을 풀었다.

콰지지지직!

속도가 붙었고, 곧바로 언덕을 지난 강찬의 몸이 허공에 붕 떴다.

푸슝! 푸슝! 푸슝! 푸슝!

콰작! 철퍼덕!

총을 네 번 쏘았고, 바닥에 처절하게 처박혔다.

떨어지는 순간에 숨이 콱 막혔지만, 다른 방법이 없었다.

바닥을 미친 듯이 기어서 맞은편 언덕으로 기어갔다.

푸슝! 푸슝! 푸슝! 푸슝!

강찬을 엄호하기 위해 석강호는 상체를 세운 채로 총을 쏘고 있었다.

피잉! 피이잉! 피잉!

저격병의 사격에 바닥이 튀었다.

퍼억!

석강호가 의지했던 나무가 커다랗게 튀었다.

"끄으응!"

숨이 겨우 뚫렸다.

이를 악문 강찬은 불꽃이 튀었던 자리를 향해 올라갔다.

강찬이 움직이는 것을 본 석강호가 빠르게 몸을 숨겼다.

위장이다.

망을 뒤집어쓰고 그 위에 흙과 낙엽을 덮은 적 두 놈이 미간이 뚫린 채 죽어 있었다.

치잇.

[위쪽 확보했습니다.]

차동균의 무전이 들렸다.

강찬은 빠르게 움직였다. 석강호가 있는 곳과는 달리 그가 서 있는 자리는 위에서 사격하기 까다로운 곳이다.

치잇.

"이두범, 저격수 위치가 어디쯤 돼?"

치잇.

[이곳에서 위로 30도, 앞쪽에서 올라가면 60미터쯤 됩니다.]

치잇.

"석강호, 아래쪽을 맡아."

치잇.

[알았소.]

이 정도 교전에 적이 더 나오지 않았다는 것은 이곳이 주력이 아니란 뜻이다.

매복하는 도중에 재수 없게 마주친 거다.

이들도 무전을 했을 거고, 그렇다면 주력이 오기 전에 저격수가 있던 자리를 확보하는 것이 급했다.

강찬은 무릎을 보았다. 피가 나는 것은 의심할 여지가 없는데 군복은 찢어지지 않았다.

위쪽으로 올라가는 길을 확인할 때였다.

치잇.

[곽철호입니다. 뒤편에서 적이 접근하고 있습니다.]

급한 음성이 들렸다.

치잇.

"차동균, 적 확인돼?"

치잇.

[뒤를 확인하려면 저격수에게 몸이 노출됩니다.]

염병!

강찬은 다시 한 번 저격수가 있을 거라고 여겨지는 장소를 보았다.

치잇.

"최종일, 뒤로 인원 더 보내 줘. 곽철호, 10분만 막아라."

치잇.

[알았습니다.]

최종일과 곽철호의 답이 동시에 들렸다.

강찬은 소총을 오른쪽 어깨에 걸고 산을 올라갔다.

바위와 나무가 있어서 올라가기 어렵지는 않았지만, 저격팀은 2인 1조가 기본인 것을 생각하면 언제 총알이 날아들지 모를 일이었다.

치잇.

[좌측에서도 적이 접근합니다.]

강찬이 바위에 손을 걸치고 몸을 끌어 올릴 때 차동균의 무전이 들어왔다.

이곳에서는 함부로 무전을 하기 어렵다.

다예! 부탁 좀 하자!

치잇.

"석강호다. 판단해서 대응 사격해라."

곧바로 석강호의 지시가 떨어졌다.

강찬은 위를 살피며 계속 올라갔다.

포위된 거다. 왜 이런 일이 벌어진 거지?

궁금함이 컸지만, 이렇게 되면 저격수를 빨리 잡고 우리 쪽 저격수를 이곳에 심는 것이 중요했다.

"흐윽. 흐윽. 흐윽. 흐윽."

소리를 내지 않으려다 보니까 숨소리가 흥분한 변태처럼 나왔다.

자라락.

돌가루가 흘러내리는 소리에 강찬은 바위에 몸을 바싹 붙였다.

위쪽에 무언가 있는 거다.

푸슝! 푸슝! 푸슈슝! 푸슝!

피잉! 핑! 핑! 피이잉!

대원들이 있는 쪽에서 총소리가 터져 나왔다.

강찬은 살짝 고개를 내밀어 위를 살필 때였다.

치잇.

[대장, 위쪽에 경계병 하나 있소. 지금 오른쪽으로 도쇼.]

석강호의 무전이 들렸다.

강찬은 빠르게 오른쪽으로 몸을 빼서 위로 올라갔다. 총소리 덕분에 발소리와 숨소리를 숨기기 편했다.

치잇.

[그쪽에서 왼쪽으로 10미터쯤 위요.]

바로 가면 좋겠지만, 아직 돌아가야 했다.

그리고 여기서부터는 사정이 달랐다.

총소리가 마음을 급하게 했지만, 강찬은 소총을 겨누고 천천히 산을 올라갔다.

자박. 자박. 자박.

후욱. 후욱.

바위와 산의 사이로 작은 길이 보였다.

저격수가 대원을 노리고 있는지 연신 총을 쏘는 소리가 들렸다.

하나, 둘!

강찬은 와락 길을 향해 몸을 날렸다.

2인 1조가 맞았다.

휙!

적 경계병이 놀라서 고개를 돌린 순간이었다.

푸슉! 퍼억!

푸슉! 퍼억!

이마가 뚫린 적의 고개가 뒤로 넘어갔고, 목 뒤를 맞은 저격병은 잠든 것처럼 앞으로 엎어졌다.

치잇.

"저격수 제거했다. 최종일, 저격수 한 명, 대원 2명 이리 보내."

치잇.

[대원 둘은 여기 있는 애들 보내면 되겠소.]

치잇.

"알았다."

강찬은 위에서 주변을 둘러보았다. 뒤편은 안심해도 되었다.

죽은 적의 얼굴을 바라본 강찬은 고개를 갸웃했다.

특수팀이라는 게 세계 각국에서 능력자를 뽑는다고 하지

만, SBS에 러시아인이 있는 건 이상하다.

주변에서 연신 불꽃이 튀었고, 아군의 사격이 어디에서 있는지도 충분히 알 수 있었다.

이쪽은 사격이 없어서 저격수와 처음 적을 발견했던 대원 둘이 군장을 멘 채로 뛰어 올라왔다.

"너는 이쪽만 경계하고, 너는 여기서 아래만 봐. 저 아래에서 올라오는 걸 놓치지 마. 여길 뺏기면 우리 다 죽는다."

고개를 끄덕이는 대원을 두고 강찬은 빠르게 산을 내려왔다.

사방에서 총소리가 울려 나왔다.

촤라락!

미끄러지는 것처럼 산을 내려온 강찬은 다시 위장막을 싸고 있었던 적의 얼굴을 확인했다.

감이 잡혔다.

떨어진 곳으로 올라가긴 어려워서 우측으로 5미터쯤을 돌아 언덕을 올라갔다.

"괜찮소?"

"가자."

그대로 달려갔다.

최종일을 중심으로 대원들이 주변을 경계하고 있었다.

강찬은 뒤로 움직였다. 당장 사격은 없었다.

"저기 보이는 뾰족한 바위 앞에서 움직이지 않습니다."

곽철호가 손으로 바위를 가리켰다.

왜 안 움직이지?

고개를 끄덕여 준 강찬은 뒤로 물러나 지도를 꺼냈다.

이곳이 이두범이 있는 곳.

지도를 확인한 강찬은 이두범이 있을 곳을 보았다.

그리고 여기가 차동균이 올라가 있고, 그 아래로 최종일, 마지막으로 강찬과 곽철호가 지키는 방향이?

젠장!

강찬은 이를 악물고 뒤를 보았다. 아까 떨어졌던 언덕을 노리는 건가?

지도를 집어넣은 강찬은 손으로 이마를 쓸었다.

버텨야 하나? 아니면 뚫고 나가야 하나?

미친놈처럼 번들거리는 눈빛을 한 채로 석강호가 히죽 웃었다.

강찬의 표정과 상황을 짐작하고 긴장을 처먹은 거다.

여기서 버티면?

외인부대 특수팀이 올 때까지 얼마나 걸릴까?

뚫고 나가?

이곳에 와 있는 적의 규모를 모른다.

치잇.

[이두범입니다. 이곳 맞은편 7킬로미터 지점에 적 출현.]

치잇.

[차동균입니다. 왼편에서도 새로운 적 출현. 거리 7킬로미터 추정.]

강찬은 석강호를 보았다.

피식.

히죽.

이미 벌어진 일이다.

강찬은 헬멧의 버튼을 꾹 눌렀다.

치잇.

"강찬이다."

무거운 정적을 뚫고 바람이 혹 지나갔다.

"우리와 마주친 적은 러시아의 스페츠나츠로 보인다. 설명이 필요 없는 세계 최강팀이다."

대원들의 몸이 딱딱하게 굳은 것처럼 보였다.

치잇.

"석강호와 차동균 한 조, 최종일과 곽철호 한 조, 그리고 내가 움직인다."

대원 하나가 힐끔 강찬을 돌아보고 빠르게 맡은 구역을 향해 고개를 돌렸다.

아직 의미를 모르는 눈치였다.

"지금부터 대한민국 특수팀이 스페츠나츠를 사냥한다. 실탄 훈련과 다를 것 없다. 내려가는 대원들은 암살조, 남는 대원들은 점령군이다. 점령군이 이곳을 지켜 주지 못하면 모두 죽는다."

곽철호가 강찬을 보며 어색하게 웃었다. 여유를 가지려고 했지만, 긴장을 완전히 털어 내지 못한 거다.

"반드시 죽이고, 반드시 지켜라. 작전의 목표는."

약속이라도 한 것처럼 대원들의 시선이 강찬에게 돌아왔다.

"적 전원 사살이다."

힐끔거렸던 대원이 멍한 얼굴로 강찬을 보았다.

⚜   ⚜   ⚜

석강호와 차동균이 왼쪽, 최종일과 곽철호가 오른편을 맡았다.

강찬은 우선 2미터 언덕 아래로 내려갔다.

이런 작전에서 지휘관을 믿고 의지하는 마음이 갖는 의미는 말할 것도 없다. 달려가며 방탄복의 심장을 맞추고, 현관 안 대원의 헬멧을 맞췄던 강찬이다.

실탄 훈련 덕분일까?

거짓말처럼 손발이 맞았다.

5미터를 전진하자, 숲이 무성해지기 시작했다.

위로 10미터만 올라가면 다시 바위산이라 적들도 함부로 올라서기 어려운 환경이었다.

적들은 밤을 기다리는 거다.

기다리다 스페츠나츠와 전면전?

포위된 채로 외인부대가 오기를 기다린다고?

그럴 때 SBS가 합류한다면 그냥 죽은 목숨이다.

강찬이 굳이 사냥을 나선 이유다.

강찬이 돌아보자 눈빛이 의미하는 바를 알아들은 석강호가 빠르게 앞으로 나섰다.

강찬은 다시 최종일에게 시선을 주었다.

최종일이 강찬의 시선이 멈춘 곳을 향해 움직였다.

차동균은 석강호를 따르고, 곽철호는 최종일을 따랐다.

후욱. 후욱.

특수팀에서 가장 뛰어난 능력을 보였던 세 사람에 강찬의 뜻을 누구보다 잘 알아듣는 석강호가 있는 거다.

곽철호는 최종일이 살피는 뒤편과 옆을 날카롭게 노려보았다.

숲이다.

낙엽 사이로 빛이 떨어져 바람이 불 때마다 그림자가 흔들렸다.

번득.

곽철호는 흔들리는 그림자 사이에서 검은색 헬멧을 느꼈다.

본 게 맞나? 느낀 건가?

그것도 확신하진 못했다.

철컥!

곽철호의 몸이 반응하는 순간이었다.

푸슉!

털썩!

봤다.

피가 엷게 튀어서 붉은 안개처럼 피어나는 피보라를 말이다.

헬멧만 보였으니 미간을 뚫려 죽은 거다.

곽철호가 놀란 시선을 주었을 때, 강찬은 이미 총구를 앞으로 향하고 있었다.

곽철호는 사자 뒤를 따라 사냥에 나선 늑대가 된 심정이었다.

웃음이 삐져나오려는 것을 억지로 참았다.

누가 사자에 대항하겠나?

실탄 훈련에서 강찬의 실력은 충분히 보았다.

스페츠나츠다.

전 세계 특수팀 중에서도 명성을 쩌렁쩌렁 울리는 특수팀! 그런 대원이 머리 살짝 내밀었다가 미간을 뚫려 죽었다.

등줄기를 타고 짜릿한 쾌감이 소름처럼 퍼졌다.

보이면 쏜다.

이젠 의심할 게 없는 거다.

곽철호가 못 맞춰도 강찬이 미간을 뚫어 줄 거다.

스페츠나츠? 존만아!

여기 갓 오브 블랙필드가 있다.

차동균은 이를 악물었다.

곽철호가 총을 겨눈 순간에 강찬은 이미 방아쇠를 당겼다.

놀랐다.

강찬도 그렇지만 석강호에게도 놀란 거다.

석강호는 강찬의 총구가 향한 반대쪽을 향해 총을 겨눴다. 한 조로 움직이는 대원이 해야 할 바를 새롭게 배우는 느낌이었다.

왼쪽을 맡으라는 의미!

됐다.

스페츠나츠고 지랄이고, 대가리든, 몸뚱이든, 내밀기만 하면 강찬이 잡는다.

그 짧은 순간을 지켜 주면 되는 거다.

총소리, 그리고 몸뚱이가 바닥에 떨어지는 소리가 분명히 들렸는데도 적은 나타나지 않았다.

이럴 줄 몰랐겠지.

거점을 확보하라고 보낸 대원이 한 방에 머리통을 뚫려서 죽을 줄 몰랐을 거다.

개새끼들!

훈련대로만 하면 된다.

나머지는 강찬이 알아서 해 줄 거다.

한처럼 가슴 한쪽에 쌓였던 응어리가 풀어지는 느낌이었다.

왼쪽만 맡는다. 몸뚱이를 던져서라도 강찬만 막아 주면 되는 거다.

차동균은 더욱 매섭게 주변을 살폈다.

강찬의 동작이 바뀌었다. 미묘한 차이다.

먹이를 발견한 사자처럼 소리조차 내지 않고 움직였다.

'왔구나!'

차동균과 곽철호는 본능적으로 주변에 적이 있음을 알았다.

강찬이 어떻게 아는지는 이해하지 못했다.

꿀꺽.

어디지?

차동균? 석강호 앞쪽? 아니면 또 곽철호 쪽인가?

머리가 어질할 정도로 신경이 곤두선 순간이었다.

사아아악.

바람이 스치고 지나가는 틈이다.

어른!

차동균은 온몸의 피가 차갑게 식는 느낌이었다.

철컥!

푸슝!

털썩!

방아쇠를 당기지 못했다.

'철호가 이랬던 거구나!'

무엇보다 확신이 서지 않았고, 다음으로 스페츠나츠를 한 방에 잡지 못하면 위험하다는 생각을 했었다.

시선이 마주쳤던 강찬이 앞을 보았다.

갓 오브 블랙필드!

적군에게는 죽음 신일 거다.

다음번엔 반드시 갈긴다.

맞든, 빗나가든, 다음번엔 반드시 방아쇠를 당길 거다.

어떤 결과가 나오더라도 갓 오브 블랙필드가 반드시 해결해 준다.

그리고 지금처럼 엷게 피어난 피보라를 보여 줄 거다.

허리 한 번 펴지 못한 채로 20분이 지났다. 하지만 차동균과 곽철호는 힘들지 않았다.

강찬은 강약을 조절한다.

지금은 전진하는 속도가 빨라졌다.

어떻게 아는 거지?

어떻게 적이 근처에 있는 걸 알아채는 거지?

그것도 스페츠나츠를 상대로?

차동균이 먼저 발견했던 적이다. 그런데도 한순간에 미간을 뚫었다.

미세하게 강찬의 자세가 낮아졌다. 그와 동시에 석강호와 최종일의 고개가 좌우로 움직인다.

적이다!

봐라! 속도가 줄었다.

감각으로 느낄 만큼 전진하는 속도가 줄어든 거다.

근처에 적이 있다.

이번엔 무조건 갈긴다.

차동균은 소총을 겨눈 채로 맡은 구역을 날카롭게 보았다.

어른거리면 갈길 거다.

믿자! 믿는 거다!

내가 못 맞춰도 바로 앞에 죽음의 신이 있는 거다.

어른!

그림자다.

푸슉!

차동균은 방아쇠를 당겼다.

세상이 멈춘 느낌과 함께 온몸의 솜털이 모조리 곤두서는 기분이었다.

털썩!

무언가 바닥에 쓰러지는 소리와 함께 세상이 빠르게 제 속도로 돌아왔다.

차동균은 얼떨결에 석강호를 보았다.

히죽!

칭찬이다.

당장에라도 차동균을 잡아먹을 것처럼 번들거리는 눈빛이었지만, 그 안에 담긴 칭찬을 보았다.

스페츠나츠를 잡은 거다!

개새끼들!

합동훈련 때 더럽게 거들먹거리면서 근처에도 못 오게 하던 새끼들!

씨발 놈들! 얼마든지 와라!

차동균이 다시 시선을 돌렸을 때였다.

'정신 차려!'

강찬의 매서운 눈초리가 그를 훑고 지나갔다.

차동균은 정신이 번쩍 들었다.

강찬이 없었다면? 이렇게 들떴다가 한 방에 갔을 거다.

⚜ ⚜ ⚜

책상에서 상체를 든 라노크가 전에 없이 무서운 눈빛으로 보좌관을 보았다.

"켈트해(Celtic Sea)에 러시아 잠수함이 나타났던 것을 정보국이 이제야 알았다. 이걸 내가 어떻게 해석해야 하는 거지?"

"바실리가 특수팀을 보낸 것으로……."

"아니지."

보좌관이 말을 멈추고 라노크의 말을 기다렸다.

"우리의 코앞에 러시아의 핵잠수함이 온 것을 몰랐다고? 정보국이? 위성을 5개나 사용하고, 1년 예산으로 아프리카의 배곯는 아이들이 10년은 풍족하게 먹을 돈을 쓰는 정보국이 그걸 몰랐다는 게 말이 되나?"

"그 점에 대해서는 정보총국이 조사하겠다는 보고가 있었습니다."

라노크가 나직한 한숨과 함께 고개를 저었다.

"라파엘."

"예, 대사님."

"내 앞에서 자네가 총을 꺼냈다면 말이지."

"대사님!"

라파엘이 당황한 표정을 지었으나 라노크는 전혀 상관없다는 투였다.

"루이가 자네보다 늦게 방아쇠를 당길 수는 있지. 그런데 루이가 총을 꺼내지도 않았어. 그게 무슨 뜻일까?"

라파엘은 대답하지 못했다.

"다른 곳을 보고 있었다는 말을 하면 안 되겠지?"

"그렇습니다, 대사님."

"내가 무슈 강을 대하는 게 마음에 안 들었다고 해도 국가의 안위를 개인적인 욕심에 던져서는 안 되는 거다. 이런 일에 그냥 넘어가면 이후에도 이런 짓을 보고 배우는 놈이 나오는 것이고."

라파엘이 빠르게 고개를 끄덕였다.

"정보총국에 연락해라. 내가 오늘 중으로 정보 부국장 둘의 사망 소식을 기다리겠다고. 그리고 바실리의 암살팀을 꾸린다. 대사관의 경계를 1급으로 높이고, 외인부대 전체에 비상령을 내려."

라파엘이 숨을 커다랗게 들이마신 다음이었다.

"외인부대 특수팀은 당장 무슈 강이 있는 곳으로 움직인다. 준비가 끝나는 대로 내게 알려. 무슈 강과의 연락은?"

"20시에 연락할 수 있다는 보고입니다."

라노크가 입술을 길게 늘이며 고개를 끄덕인 다음 눈짓을 하자, 라파엘이 급하게 방을 나섰다.

"바실리."

라노크는 책상에 놓인 전화기가 바실라도 되는 것처럼 사납게 노려보았다.

"영국과 나 사이에 양다리를 걸치시겠다?"

한숨과 함께 혼잣말을 뱉었다.

"무슈 강에게 가진 것 전부를 배팅하게 만들어 주는군."
그러면서 시계를 힐끔 보았다.

⚜ ⚜ ⚜

푸슉!
털썩!
'스물셋!'
최종일이 속으로 센 숫자였다.
9명이 한 구대를 구성하는 스페츠나츠의 특수팀 스물셋이 방아쇠 한 번 당겨 보지 못하고 죽었다.
이 정도면 이 작전에 나온 스페츠나츠 거의 3개 구대가 죽은 거다.
스페츠나츠가 작전에 3개 구대 이상을 파견한다고?
최종일은 고개를 저었다.
이렇게 쉬워도 되는 건가?
물론 스물셋 중에서 열아홉을 강찬이 쏘았지만 그래도 이건 너무 황당한 상황이었다.
해가 머리 위에서 반대편으로 기울고 있었다.
꾸르르르! 삐익! 삐익!
기괴한 새소리가 들릴 때마다 움찔하는 최종일과 달리 강찬은 전혀 변화가 없었다.

작정한 듯 달려들던 적들이 지금은 모습을 감췄다.
어떻게 나올까?
언제까지 이런 작전이 성공할 수 있을까?
멈칫!
최종일은 소총을 바싹 당기며 강찬을 살폈다.
작전에 나선 이후, 처음으로 강찬이 멈춰 섰다.
뭐지? 무슨 일이지?
최종일과 곽철호, 석강호와 차동균이 눈이 뻐근할 정도로 주변을 살폈다.
두근두근. 두근두근.
헬리콥터에서 내리기 직전처럼 심장이 뛰었다.
강찬은 걸음을 멈추고 주변을 살폈다.
적들도 이쪽의 움직임을 충분히 안다. 그런데 달려들던 적들이 한순간 보이지도 않는다.
강찬은 석강호를 향해 고개를 뒤로 밀었다.
후퇴다.
석강호가 빠르게 차동균을 지나가 섰다.
상황이 뒤집혔다.
석강호가 가장 앞, 우측이 차동균과 강찬의 순이다.
이게 맞다.
20미터쯤 후퇴하자 가슴이 가라앉았다.
쪽!

강찬이 언짢을 때처럼 바람을 빨아들였다.

시선이 달려온 다음이다.

한 명씩 위치를 지정해 오각형의 형태를 취한 강찬은 나직하게 숨을 내쉬었다.

아직 아군을 향한 공격은 없었다.

끝까지 밤을 기다리는 것이 아니라면 무언가 다른 수를 만들어 내려고 하는 거다.

해가 어느 정도 기울어져 있었다.

긴장 상태를 유지할 대원들에게 식사와 휴식이 필요한 시간이었다.

경험이란 이런 거다.

마음을 굳힌 강찬은 천천히 움직여 선두에 섰다.

저격수가 있는 곳과 대원들이 위치한 중간은 숲이 없다.

몸이 노출될 수도 있지만, 반대로 적도 몸을 숨기기 어려운 곳이다.

더구나 팽팽한 긴장이 감도는 상황에서라면 더더욱 더.

숲을 빠져나오기 직전에 강찬은 헬멧에 손을 올렸다.

치잇.

"강찬이다. 복귀한다. 저격수 경계 확인."

치잇.

[이상 없습니다.]

답을 들은 강찬은 천천히 숲을 빠져나갔다.

⚜ ⚜ ⚜

벨이 다섯 번쯤 울리고 나서야 라노크는 통화 버튼을 눌렀다.

"알로?"

[라노크, 전쟁이라도 하겠다는 건가?]

"바실리, 내 머리에 총구를 들이밀고 원하는 것을 말하면 곤란해. 핵은 러시아만 있는 게 아니란 것도 알아줬으면 좋겠다."

[오해다. 라노크.]

라노크가 빠르게 시계를 보았다.

등 뒤에 총을 들이밀었던 독사가 갑자기 화해의 제스처를 취한다.

이유가 뭘까?

스페츠나츠를 강찬에게 보낸 바실리가 고개를 숙이는 이유?

무슈 강!

라노크는 기쁨을 이기지 못해 책상에 올려 두었던 오른손을 꼭 쥐었다.

"무슈 강의 능력을 너무 쉽게 보아선 곤란해. 전에도 말했지만, 나는 그에게 강요할 위치가 아니야, 바실리."

[라노크, 영국의 속임수에 속은 거다. 여기서 자네와 내가

피를 뿌리게 되면 이득은 영국만 가져가.]

"그건 무슈 강과 의논해."

[자네가 중재를 해 준다면 쉽지 않겠나? 무슈 강에게 사과할 수 있도록 부탁하지. 더불어 프랑스에 함부로 들어간 점에 대해서도 분명하게 보상을 하겠다.]

"바실리, 이미 알겠지만, 이번 일로 우리 정보국은 부국장 둘을 잃었어. 그리고 무슈 강의 성격상 섣부른 조건을 내걸었다간 나마저 신용을 잃을 수 있다. 자네가 이번에 잃은 스페츠나츠처럼."

말을 뱉은 라노크가 시계를 노려보았다.

도박이다.

연락이 되지 않지만, 여기서 이 정도 도박을 하지 않으면 상황은 언제든 곤란해질 수 있었다.

[SBS의 실제 위치를 먼저 알려 주지. 무슈 강에게 자네가 전해 주면 되지 않겠나? 그런데 어떻게 무슈 강과 연락을 하는지 정말 궁금하군.]

"프랑스를 얕보지 않는 것이 좋아, 바실리."

[정보총국에 연락해 놓을 테니 확인해.]

전화를 끊은 라노크가 커다랗게 한숨을 내쉬었다.

해낸 거다.

무슈 강이 스페츠나츠를 이겨 낸 거다.

라노크는 고개를 설레설레 저었다.

⚜ ⚜ ⚜

 강찬이 대원들과 합류했을 때는 해가 45도 앞에 있었다.
 털썩.
 "후우."
 약속이나 한 것처럼 5명 모두 다리를 쭉 펴고 바위에 기댔다.
 대원들이 궁금함이 잔뜩 담긴 시선으로 눈치를 살폈다.
 '스물셋.'
 우희승과 눈이 마주친 최종일이 입술만 움직여 전한 말이었다.
 "예?"
 "스페츠나츠 스물셋."
 대원들이 믿을 수 없다는 표정으로 최종일을 보았다. 그리고 차례로 강찬에게 고개를 돌렸다.
 피식.
 정말이구나!
 대원들의 얼굴에 묘한 자부심이 흘렀다.
 대치했고, 총질했고, 이겨 낸다.
 이러고 나면 기가 죽지 않게 되고, 그러면 훈련해서 익힌 실력을 제대로 발휘할 수 있게 되는 거다.
 "차동균, 대원들 교대로 식사하게 해. 저격수 팀은 한 명씩 돌아가면서 식사한다. 절대로 긴장 늦추지 않도록 단단히 챙겨."

"알겠습니다."

차동균이 믿음직스럽게 답을 했다.

"저 새끼들, 어떨 것 같소?"

"이 주변에 클레이모어 설치했거나, 물러났거나, 둘 중 하나일 거다."

"아후! 담배 더럽게 피우고 싶네."

"배는 안 고프냐?"

"왜요? 그렇잖아도 배가 등에 딱 붙은 것 같소."

석강호가 툴툴거릴 때 대원 하나가 씨-레이션을 가져다주었다.

"밥 먹고 한숨 자 둬라."

"야간에도 나갈 거요?"

씨-레이션 뚜껑에 손가락을 건 석강호가 강찬을 힐끔 보았다.

"클레이모어가 깔렸으면 둘이 움직이기도 벅차. 만약의 사태에 대비하는 게 좋아."

"알았소."

내용물의 비닐을 입으로 뜯어낸 석강호가 빵을 입에 넣었다.

강찬은 비스킷을 입에 넣었다.

김미영은 지금 뭐할까? 불쑥 성숙해진 얼굴이 다시 한 번 보고 싶었다.

움푹 들어간 공간이라 사방이 막혔다.

바실리 이 새끼가 뒤통수를 쳤다, 이거지?

뒤는 라노크가 있으니까 믿을 만하고.

강찬은 빵을 집어 들었다.

개새끼.

일단 다 죽여서 보내 주고, 응징은 그다음에 생각하기로 했다.

하지만 그냥 넘어가지는 않을 생각이었다.

제5장

행운을 빕니다

해가 산으로 넘어가자 곧바로 별이 내렸다.

산꼭대기에 걸릴 것처럼 가깝게 느껴지는 별이 하늘에 가득해서 평생 기억에 남을 장관을 이뤘지만, 대한민국 특수팀 사이에선 팽팽한 긴장감이 감돌았다.

점심을 먹고 나서 교대로 2시간씩을 자고 난 다음이다.

오후 7시 40분.

어쩌면 스페츠나츠가 야간을 이용해 달려들지 모르고, 최악의 경우에는 SBS와 함께 들이닥칠 수도 있었다.

철커덕! 철커덕!

여기저기서 무기를 점검하는 소리가 간간이 들려왔다.

대원들은 강찬의 변화를 철저하게 받아들이고 있었다.

긴장할 때와 풀어질 때의 리듬을 함께 타고 있었는데, 지금은 극도로 긴장한 시점이었다. 누가 지시하지도 않았음에도 다들 알아서 주변을 날카롭게 살폈다.

철커덕!

"내려갈 거요?"

탄창을 확인한 석강호가 나직하게 강찬에게 던진 질문이었다.

"20시에 위성 통화해 보고 결정하자. 낮의 느낌이 아무래도 걸려. 우리가 모르는 뭔가가 있다. 그게 클레이모어든, 매복이든 위협이 되는 거니까."

석강호가 주변을 슬쩍 돌아보고 고개를 가져왔다.

"대장, 괜찮소?"

강찬은 힐끔 석강호를 보았다.

"대장 실력이야 인정하지만, 오늘은 지금까지 봐 왔던 것과 또 다릅디다. 지금 눈빛도 그렇고. 뭐라고 할까? 너무 정교하고, 예민해졌다고 해야 하나? 어딘지 과부하가 걸린 느낌이오."

강찬은 고개를 갸웃했다.

"단계적으로 발전한 느낌이긴 한데."

"단계적?"

"몽골 작전 때보다 더 발전한 거잖소. 그때도 놀랐는데 지금은 그때와는 또 딴판이오. 솔직히 말하면 몽골 작전, 실탄 훈련, 그리고 지금. 이렇게 총을 들 때마다 점점 더 괴물이 돼 가는 느낌이오."

그런가? 전에도 이 정도는 했던 것 아닌가?

"아프리카에서 상대하던 놈들과 스페츠나츠는 질적으로 다른 거요. 그런데 아프리카 때보다 더 무섭게 잡아 댔잖소. 거기에 대장의 눈빛이 평소와는 완전히 달라요. 악만 남은 사람처럼 풀어지질 않아요."

"전에도 전투 끝나면 독기가 안 빠져서 힘들어 했었잖나."

석강호가 고개를 살짝 돌렸다가 두어 번 가로저었다.

"그때와는 다른 것 같은데요? 병아리 서넛 잃은 느낌? 하여간 대장만 괜찮다면 상관없지만, 그래도 예민하다는 건 알고 계쇼."

강찬은 석강호를 보며 고개를 끄덕여 주었다.

지휘관이 쓸데없이 예민하면 대원들이 쉽게 지친다.

"후우."

강찬은 한쪽 무릎을 세우고 바위에 기댔다.

어깨에 걸려 있는 소총의 딱딱하고 차가운 감촉이 지금 어디에 있는지를 알려 주는 느낌이었다.

숨을 내쉴 때마다 하얀 김이 허공에 사라졌다.

풀썩 웃음이 나왔다. 김미영이 보고 싶어서였다.

고등어다!

아직 한참 더 커야 하고, 대학에 가서 더 멋있는 남자들이 많다는 것을 알아야 하는 아이다.

서울대학교?

작전에서 사람을 많이 죽이는 놈이 잘난 곳이 아니라, 김미영처럼 공부 잘하는 놈들이 빛나는 공간. 그런 곳에서 강찬은 어떤 모습일까?

다 떠나서 지금은 그냥 보고 싶었다. 그 특유한 웃음, 자신을 향한 눈빛, 그런 것들을 보고 나면 눈에 잔뜩 올라 있는 독기가 풀어질 것 같았다.

강찬이 하늘에 떠 있는 별을 보고 있을 때였다.

"20시입니다."

우희승이 위성 전화를 가지고 왔다.

먼저 전화할 수 있었다.

하지만 작전지역을 벗어난 곳에서 뜻밖에도 스페츠나츠와 마주친 이곳의 상황을 알리는 것은 위험한 일이었다.

20시 통화도 마찬가지다.

기다렸다가 제라르에게서 아무런 연락이 없다면 이대로 스위스를 뚫고 가서 한국과 연락하는 것이 현명한 일이었다.

실탄은 아직 여유가 있지만, 씨-레이션은 2일분이 전부다.

띠루룩.

버튼을 누르자 전원이 들어왔다.

인공적인 불빛이 언짢은 것처럼 유성 하나가 길게 꼬리를 그리며 저 너머로 날아갔다.

2분이 덧없이 흘러갔다.

모른 척하지만 대원들 역시 전화기에 신경을 곤두세운 참이다.

'이렇게 되면 돌파해야 하는 거라 이거지?'

강찬이 지도의 방향을 떠올릴 때였다.

띠루루룩. 띠루루룩. 띠루루룩.

벨이 울렸다.

뚜우.

통화 버튼을 누른 강찬은 전화기를 귀에 가져갔다.

[베이스입니다.]

"갓 오브 블랙필드다."

[오늘 낮에 만났던 손님은 모두 물러갔습니다. 신사분들은 리마, 알파, 델타 지점에 대기 중입니다. 판단은 그곳에서 하시랍니다.]

"동물원은?"

[사슴과 곰입니다.]

사슴은 2, 곰은 7이다. 27명?

"가능성은?"

[반반입니다. 하지만 낮에 만났던 손님들이 돌아간 것은

확실하게 확인된 사항입니다. 오늘 나폴레옹이 소집되었습니다.]

"다시 말해 봐."

[오늘 나폴레옹이 소집되었습니다.]

강찬은 시선을 하늘에 두었다.

외인부대 전체에 비상령이 떨어졌다는 은어다.

이로써 윤곽이 잡혔다.

라노크가 강공을 펼쳤고, 바실리는 물러났다.

"베이스."

[말씀하십시오.]

"신사를 해결하겠다."

[행운을 빕니다.]

나직하게 숨을 내쉬는 강찬을 석강호와 최종일, 차동균 등이 긴장한 얼굴로 바라보았다.

제라르 이 새끼를 안 믿으면 방법이 없다.

게다가 라노크가 외인부대 전체에 비상령을 내린 상황이라면 더더욱.

강찬은 헬멧에 손을 댔다.

치잇.

"갓 오브 블랙필드다."

무전이 들리면서 사방이 좀 더 고요해진 느낌이었다.

"스페츠나츠가 물러갔다는 정보다."

차동균과 곽철호의 표정이 묘하게 변했다.

"다른 정보도 있다."

대원들은 강찬의 입에서 피어나는 입김에 시선을 집중하고 있었다.

"알파 지점에 SBS팀 27명이 있다는 정보다. 우리가 해결해도 되고, 이곳에서 돌아가도 된다."

석강호가 히죽 웃으며 강찬을 보고 난 다음이었다.

"이곳에서 알파 지점까지 4시간 거리다. 야간 이동하겠다. 도착 후, 여명 직전에 작전을 감행한다."

강찬의 계획을 들은 대원들이 시선을 마주쳤다.

"우리보다 숫자가 많다. 지금까지 잘해 줬지만, SBS는 상황이 다르다. 4팀으로 나누어 한꺼번에 들어가겠다. 난 대한민국 특수팀을 믿는다. 이번 작전의 목표는 SBS를 전원 사살하고, 모두 함께 돌아가는 것이다."

차동균이 울음을 참기 위해 인상을 구기고 있었다.

치잇.

"저녁을 먹고 각자 위치한 곳에서 23시까지 휴식이다. 명심해라. 방심하면 머리를 뚫린다. 실탄 훈련을 기억해라. 한순간 시선을 뺏기면 동료가 죽는다. 내가 기억하는 대한민국 특수팀의 모습을 잃지 마라. 이 작전에 성공하면 대한민국 특수팀은 스페츠나츠와 SBS에 버금가는 팀으로 인정받는다."

석강호가 의아한 눈으로 강찬을 보았다. 아프리카에서도, 그리고 이후에 그 어떤 작전에서도 이런 식의 말을 한 적은 없었다.

"다 같이 외치고 싶지만, 적에게 우리의 장소를 알려 줄 수 없어서."

무전의 끝에서 강찬이 피식 웃는 소리가 또렷하게 들려왔다.

치잇.

"차동균이 우리의 구호를 대신하는 것으로 하겠다. 차동균! 구호."

잠시 후, 차동균의 울먹이는 음성이 무전기를 통해 대원들에게 고스란히 전달되었다.

치잇.

"나의! 피로! 국가를 지킬 수 있다면……!"

대한민국 특수팀의 한이 풀리고 있었다.

국력이 약해서 노려보기조차 어려웠던 스페츠나츠와 SBS의 전원 사살을 목표로 작전을 펼치고 있는 거다.

선배들로부터 끝없이 이어진 한이 풀리고 있음을 차동균의 울먹이는 음성이 증명하고 있었다.

치잇.

"나는 행복하다……!"

"푸흐흐흐."

석강호의 기막혀 하는 웃음소리가 밤하늘을 타고 사라졌다.

⚜ ⚜ ⚜

"으아아! 으아! 와아아!"

전대극이 움켜쥔 두 주먹을 허공에 떨어 대며 미친 사람처럼 고함을 질렀다.

"으아! 으아아! 으아아아!"

고함은 금방 울음과 섞였다.

침대 앞에 서 있던 김형정이 손바닥 안쪽으로 눈가를 닦아 냈다.

"후아! 후우!"

고개를 숙이고 몇 차례 숨을 고른 전대극이 얼굴을 번쩍 들었다.

"그래서, 우리 애들은 얼마나……?"

"아직 확인되지 않고 있습니다."

"정보는 확실하겠지?"

"프랑스 외인부대에 전군 비상령이 내려졌다가 조금 전에 취소되었습니다. 그리고 극비리에 러시아 대통령이 방한하겠다는 의사를 밝혀 왔습니다."

"이 새끼들! 결국! 해냈구나! 해낸 거야!"

"스페츠나츠의 기습 작전을 완벽하게 이겨 냈다는 정보였습니다. 스페츠나츠 중에서 살아남은 대원이 고작 4명이었다고, 정보총국에서 이례적으로 자세한 정보를 직접 건네주었습니다."

전대극은 믿기지 않는다는 것처럼 고개를 저어 댔다.

"귀환은?"

"추가 작전에 나선다는 정보 외에 아직 알려진 것은 없습니다."

전대극은 볼을 타고 흐른 눈물을 닦지도 않았다.

"나, 이제 여한 없다. 나, 대한민국 특수군이었던 것이 이렇게 자랑스럽고, 보람된 적 없다."

김형정이 입술을 꾹 다문 채로 고개를 끄덕였다.

⚜ ⚜ ⚜

"정말이십니까!"

[최 장군, 아직 대원들에게 알려서는 안 돼.]

"<u>으흐흐흐. 으흐으! 으흐흐흐!</u>"

[괜찮아! 울어도 돼! 실장님도 나도 울었으니까.]

"특수팀 현역은 울지 않습니다!"

[그렇군. 소식 오면 또 전하지.]

전화를 내려놓은 최상곤이 터질 것처럼 시뻘게진 얼굴로

막사를 나갔다.

새벽 4시다.

부르릉!

지프에 올라탄 최성곤은 거칠게 차를 몰고 모형 도시의 진입로까지 달렸다.

"야! 이 새끼들아! 살아! 살아서 돌아와!"

모형 도시에 최성곤의 음성이 쩌렁쩌렁 울렸다.

"잘했다! 그러니까 한 놈도! 한 놈도 죽지 말고 돌아와라!"

최성곤의 새카맣게 탄 볼을 타고 굵은 눈물이 흘렀다.

"고맙소."

최성곤은 새카만 하늘을 보며 혼잣말처럼 중얼거렸다.

"정말 고맙소, 강찬 씨!"

⚜   ⚜   ⚜

조를 넷으로 나눴고, 강찬과 석강호, 차동균, 최종일이 각각 조를 이끌었다.

출발하기 전에 작전지역을 충분히 검토했고, 조별로 침투 경로까지 확실하게 정했다.

선두는 역시 강찬, 그리고 후미는 석강호가 맡았다.

출발은 23시 30분.

20분쯤 나아가던 강찬이 움직임을 멈추고 손을 들었다. 낮에 석강호와의 작전 때 돌아섰던 지역이었다.

대원들이 날카롭게 맡은 지역을 살필 때였다. 강찬은 손짓으로 대원 둘을 세 걸음쯤 뒤로 물러나게 했다.

강찬은 다시 고개를 돌렸다. 그러자 시선을 받은 곽철호가 조심스럽게 다가왔다.

강찬이 검지로 가리킨 바닥에 길게 이어진 라인이 보였다.

곽철호가 고개를 끄덕였다.

'할 수 있겠어?'

'자신 있습니다.'

강찬은 고개를 끄덕여 주었다.

감으로 봐서 적이 근처에 있지는 않은 것 같지만, 경계를 늦출 수는 없었다.

강찬은 대원 한 명을 향해 왼손 검지를 거꾸로 세우고 오른손 검지와 중지를 그 옆에 세웠다.

곽철호를 엄호하라는 뜻이다.

강찬은 곧바로 대원들을 전부 20미터 이상 후퇴시켰다.

숨 한 번 제대로 쉬기 어려운 긴장감이 숲 속을 무겁게 짓눌렀다.

15분쯤 지났을 때였다. 곽철호가 엄호했던 대원과 함께 돌아왔다.

손에 클레이모어, 그리고 격발기를 들고 있었다.

자칫 발 한 번 잘못 뻗었다면…….

'고생했다.'

'별거 아닙니다.'

강찬이 고개를 끄덕여 줄 때 곽철호는 존경한다는 눈빛이었다.

야간에 클레이모어를 발견한 거다. 그것도 격발기에 묶어 놓은 가느다란 선을 말이다.

할 수 있다.

곽철호가 자신감을 불태울 때 강찬은 다시 앞으로 나아가고 있었다.

꾸욱. 꾸욱.

30분을 더 지나자 새소리가 울렸고, 조금은 걷기 편한 길이 나타났다.

속도를 내기는 했지만, 그렇다고 경계를 늦출 수는 없는 일이다.

'어떻게 저럴 수 있지?'

강찬의 뒤를 따라가며 곽철호는 아예 혀를 내둘렀다.

선두에서 대열을 이끄는 일은 시쳇말로 뼈에서 진이 빠져나가는 느낌이 들 만큼 힘겹다.

그런데도 강찬은 집중력 한 번 잃지 않고 속도까지 조절해 가며 전진하고 있었다.

사자 뒤에 선 늑대.

저녁에 대원들 사이에서 떠돌던 말이 새삼 실감나는 순간이었다.

한 시간쯤 더 걸었을 때였다.

걸음을 멈춘 강찬이 주변을 살핀 다음 뒤를 돌아보았다.

왼 손바닥을 펴고 오른손 검지를 꽂았다. 경계를 세운 채 휴식이다.

곽철호는 알아서 경계를 서야 할 자리로 움직였다.

대원들을 조금이라도 쉬게 하고 싶었고, 강찬이 마음 놓을 수 있도록 완벽한 경계를 서겠다는 각오였다.

⚜   ⚜   ⚜

목표 지점에 도착한 것은 04시 10분이었다.

강찬은 사방 경계를 확실히 세우고 조장들을 불렀다.

"이곳에서 문제가 생기면 조원들 이끌고 베타 지점에서 모인다."

세 사람이 고개를 짧게 끄덕였다.

"경계가 엄청날 거다. SBS를 우습게 보는 순간, 대원이 죽어. 스페츠나츠가 퇴각했다는 사실을 충분히 알고 있을 테니까 날이 날카롭게 서 있을 거야. 무리하지 말고 밖에서부터 몰고 간다."

강찬의 의지가 눈빛을 통해 세 사람에게 확실하게 전달되었다.

"저격수 배치 끝나면 모르스부호로 알려라. 공격 개시는 따로 내리겠지만, 필요하다면 언제든 사격해도 좋다. 이 작전에서 하나만 선택하라면 난 대원들 전원 무사 귀환이다. 위급한 상황에 놓이면 무전을 통해 도움을 청한다. 질문?"

누구도 입을 열지 않았다.

강찬은 우선 차동균, 최종일의 헬멧을 한 번씩 밀어 주었다.

"다예."

"예."

"설치지 말고 차분하게 움직여."

"알았소."

헬멧을 툭 하고 치자 석강호가 몸을 움직였다.

본격적인 작전이 시작되었다.

알파 지점은 낮은 산과 산 사이에 끼인 분지 같은 곳이었다. 적이 근처에 있다는 것만 알 뿐, 정확하게는 어디 있는지 알지 못한다.

해가 5시 30분쯤 뜬다고 계산하면 고작 한 시간 조금 넘는 시간이 남았을 뿐이다.

강찬은 맡은 지역에서 저격수를 배치할 적당한 곳을 살폈다.

행운을 빕니다 • 177

아군이 유리한 장소는 적도 유리한 거다.

만약 SBS가 근처에 있다면 그곳에 저격수가 있을지도 모른다. 저격수 한 명을 배치하기 위해 조원 전체가 움직여야 하는 이유였다.

강찬은 대원들을 이끌고 천천히 앞으로 나섰다.

제일 무서운 것은 낙엽 속에 숨은 잔가지였다.

제대로 밟으면 '딱!' 하고 부러지기 때문에 걸음을 조심해야 한다. 게다가 클레이모어가 설치되어 있을 수도 있었다.

특수전에서, 그것도 타국에 들어와 하는 작전에 클레이모어를 설치하는 것은 거의 자살 행위에 가깝다. 그렇지만 항상 예상을 벗어나는 경우에 사망자가 생기는 것을 감안한다면 무조건 조심하는 것이 맞다.

오르막이다.

5분을 걷고 30초는 주변을 경계한다.

적의 움직임을 찾고, 혹시 거칠어질 수도 있는 대원들의 호흡을 고를 시간을 가진다.

저격수를 배치하고도 최소한 위쪽 30미터까지는 수색을 마쳐야 한다.

지겨운 속도다.

팽팽한 긴장 속에서 속도마저 느리기 때문에 그만큼 체력 소모가 강하고, 또 한순간에 긴장이 풀려 버리는 일도 있었다.

한참을 올라가던 강찬은 걸음을 멈추고 가장 먼저 곽철호에게 바위 뒤를 지시했다.
　지금부터 곽철호가 가장 기본적인 엄호를 담당하는 거다.
　다음 대원에게 가리킨 장소는 곽철호에서 여섯 걸음쯤 앞서 나간 곳이었다.
　자바악. 자바악.
　천천히 걷는다고 해도 낙엽은 항상 소리를 만든다.
　입김을 만들어 내는 대원은 아직 목적한 곳에 도착하지 못했다.
　후우욱. 후우욱.
　날이 날카롭게 서면 시간이 천천히 흐르는 것처럼 보인다.
　대원의 발에 밟히는 낙엽, 갑자기 반짝하는 별, 짙게 깔린 어둠 속에서 느닷없이 울리는 새의 울음까지.
　강찬은 소총을 겨눈 채로 좌우를 천천히 노려보았다.
　대원이 목적지에 도착했을 때였다.
　부슝.
　멀리서 소총 소리가 확실하게 들려왔다.
　강찬이 고개를 돌렸을 때 분지 건너편에서 불꽃이 연속으로 피어나고 있었다.
　강찬은 빠르게 곽철호를 보았다.
　'가십시오!'

그의 시선에 확실한 답이 담겨 있었다.

그러나 이곳에 저격수를 제대로 심지 못하면 전체가 위험에 빠진다. 그래서 강찬이 이 지역을 맡았던 거다.

푸슝! 부수슝! 피잉! 피이잉! 부수슝!

폭죽놀이처럼 불꽃이 튀었고, 빨간 선이 길게 오가고 있었다.

적이 있는 곳을 알았다.

한둘도 아니다.

그렇다면 아군 중 한 조가 적의 주력부대 앞을 지나다가 교전이 벌어진 걸 거다.

강찬은 고개를 끄덕여 준 다음에 곧바로 몸을 움직였다.

거리는 60미터.

밤이고, 어디에 적이 있을지 몰라서 달릴 수도 없었다.

그렇다고 마냥 미적거릴 수도 없어서 낼 수 있는 최대한의 걸음으로 적을 향해 곧장 다가갔다.

가까이 다가갈수록 총소리가 확실히 들렸다.

소총을 겨눈 채 나아가는 길이다.

'하나만 걸려라!'

이쪽에서 한 놈만 잡아도 적의 시선을 뺏을 수 있다.

푸슝! 푸슝!

그때, 산 위에서 빨간색 줄이 적을 향해 날아가는 것이 보였다. 차동균이 맡은 지역의 저격수가 자리를 잡고 사격을 시작했다는 의미다.

강찬은 조금씩 속도를 높였다.

푸슝! 푸슝! 피이이잉! 피잉! 피이잉!

이런 교전이 일어나면 중간에 멈추는 법은 없다. 적도 분명 우회하는 노선을 택할 상황이었다.

누구든 먼저 발견하면 방아쇠를 당긴다.

SBS 대원에게 먼저 노출된다면 죽음을 피하기 어렵다.

후우욱. 후우욱.

강찬은 다시 사물이 느리게 흘러가는 것을 느꼈다.

왔다!

근처에 적이 있다는 의미다.

피이이이이잉!

적이 쏜 총알이 빨간색 선을 그리며 아군에게 날아갔고.

푸슈우우웅! 푸슈우웅!

아군이 쏜 총알 역시 비슷한 색을 그리며 적을 향해 날아갔다.

20미터쯤 앞이다.

19, 18, 17, 16, 15……?

나무와 바위 사이에서 둥그런 형태가 보였다.

반짝!

짐승처럼 빛을 발하는 눈동자가 보였고,

철크더어억!

적의 총구가 방향을 트는 소리가 또렷하게 들렸다.

푸슝! 퍼억!

적의 고개가 뒤로 젖혀지는 순간, 세상이 빠르게 돌아왔다.

피잉! 피이잉!

2개의 빨간 선이 날아올 때 강찬은 이미 엎드려 있었다.

목표는 불꽃이 튄 자리였다.

강찬은 엎드린 자세에서 왼팔로 바닥을 짚고 발을 찼다.

삽시간에 몸이 일어섰고, 오른쪽으로 빠르게 돌았다.

피잉! 피이잉! 피이잉! 피잉!

본진이 맞는 거다.

강찬을 반드시 죽이겠다는 것처럼 총알이 날아왔다.

퍼억! 픽! 파박!

나무와 바위가 억울하다고 악을 쓰는 것처럼 터져 나갔다.

아군 역시 다가오고 있는지 불꽃이 튀는 거리가 점점 좁혀 들었다.

누군가 엄호를 해 줘야 한다.

아무리 강찬이 날고 기어도 적이 있는 정확한 장소를 모른 채 몸을 일으킬 수는 없는 거다.

피잉! 파악! 피이잉! 피잉! 파박!

3명쯤이 거리를 좁혀 오며 연신 총을 쏴 대고 있었다.

염병할!

이렇게 되면 일단 몸을 빼는 것이 옳다.

그러나 무작정 뒤를 보이게 되면 SBS는 그걸 놓치지 않는다.

강찬은 이를 악물었다.

세 놈이다. 그렇다면 한 놈은 반드시 엄호사격을 할 텐데 그놈의 솜씨가 문제가 된다. 석강호 수준만 돼도 2발을 갈길 때 미간이나 목을 뚫린다.

하나, 두……!

푸슝! 푸슝!

그런데 강찬이 둘을 채 세기 전에 무섭게 총알이 날아왔다.

곽철호가 있던 곳이다.

푸슝! 퍼억!

누군가 맞는 소리가 들리는 순간 강찬은 바로 몸을 세웠다.

푸슝! 푸슝!

털썩!

한 놈은 잡았다.

조금만 늦었어도 서부영화처럼 마주 보고 총질을 해 댈 뻔했다.

치잇.

[저격수 배치했습니다.]

곽철호의 무전이 들렸고, 산 위에서 총알이 날아왔다.

두 곳의 저격수와 대원들이 집중사격을 가하자 적들의 공세가 한풀 꺾였다.

더 들어갈 수도 없다.

아군의 총알이라고 해서 강찬을 피해 가지는 않는다.

때마침 멀리서 뿌옇게 빛이 퍼지기 시작했다.

푸슈웅! 푸슈웅!

저격수들이 쏴 대는 총소리가 간간이 들려왔다.

이대로 해가 뜨면 이 싸움의 반은 이긴 거다.

푸슈웅!

최종일이 맡기로 했던 장소에서도 저격수의 사격이 있었다. 그렇다면 교전은 석강호가 맡았던 조에서 했다.

'별일 없겠지?'

석강호가 없는 삶은 이제 상상조차 하기 어렵다.

갑자기 이렇게 싸우는 것이 지겨웠다.

뭘 위해서 이 지랄을 떨고 있는 거지? 이러다 덜컥 석강호를 잃으면?

먼 쪽 하늘이 갑자기 하얗게 밝아졌다.

그때였다.

치잇.

[부상자 둘. 중상이다. 차동균, 부상자를 엄호해라.]

툴툴거리는 석강호의 음성이 또렷하게 무전에 잡혔다.

치잇.

[씨발! 빨리 내려와! 저격수, 엄호 잘해!]

이 새끼는 무전기에 대고 또 욕을 지껄인다. 그런데 그 욕이 반갑게 들렸다.

푸슈웅! 푸슈웅!

석강호의 명령에 저격수들이 충실하게 임무를 수행했다.

5분쯤 지난 다음이었다.

치잇.

[저쪽에서 백기를 들었습니다. 어떻게 할까요?]

최종일의 무전이 음성을 타고 들려왔다.

곤란한데?

강찬은 영어에 자신이 없었다. 그래도 모른 척할 수는 없는 일이다.

치잇.

"전 대원 대기. 저격수, 엄호 준비."

무전을 마친 강찬은 천천히 몸을 움직여 앞으로 나아갔다.

SBS가 백기를 든다는 것도 웃기지만, 항복 표시를 하고 총질을 했다는 건 아예 믿기지도 않는 일이다.

특수팀이 가진 명예가 어떨 때는 죽음보다 더한 무게를 지녀서였다.

철커덕!

강찬과 마주친 적은 소총의 총구를 위로 들고 있었다.

"누우블롱 빠뤼(Nous voulons parler) 갓 오브 블랙필드."

불어다.

더럽게 빽빽한 발음.

하지만 뜻은 분명하게 알아들었다. 갓 오브 블랙필드와 이야기하고 싶다는 뜻이다.

"쥬 쉬이(Je suis)."

적이 의심스러운 눈초리로 강찬을 보았다가 천천히 왼손을 들어 무전을 했다.

빠른 영어라 알아듣기 어려웠는데, 갓 오브 블랙필드가 나타났다는 뜻처럼 들렸다. 중간에 '갓 오브 블랙필드'란 단어가 두 번 나온 것이 그랬다.

부스럭.

철커덕! 철커덕!

숲을 헤치고, 석강호가 대원 둘과 나타났다.

"개새끼들이 뭐라는 거요?"

"나를 찾는데?"

석강호가 당장에라도 방아쇠를 당길 것처럼 적을 노려볼 때, 그 뒤편에서 두 놈이 천천히 모습을 드러냈다.

"갓 오브 블랙필드요?"

김미영이 하는 불어보다 더 딱딱한 발음이었다.

"원하는 것을 말해."

"천천히 좀 말해 주겠소?"

"원하는 것을 말하라고."

서른 중반쯤 돼 보였는데, 고릴라 새끼처럼 단단해 보이는 체형이었다.

"우린 러시아에 속았소. 본국에서 철수 명령을 받은 직후에 교전이 벌어진 거요. 괜찮다면 이대로 철수하겠소."

이게 무슨 엿 같은 소리지?

강찬이 무섭게 노려보며 고개를 갸웃하자 적이 다시 입을 열었다.

"프랑스에는 정보총국에 이미 양해를 구했소. 우리 대원 열셋이 사망했고, 넷이 중상이오. 갓 오브 블랙필드만 양해한다면 우리 정부에서 별도로 찾아가겠다는 뜻을 전해 달라고 했소."

강찬은 나직하게 숨을 뱉었다.

프랑스 땅에 들어온 놈들과의 싸움이고, 정보총국의 양해는 라노크가 동의를 했다는 의미다.

굳이 서로 피를 더 흘릴 필요는 없었다.

고릴라가 의아한 듯 눈살을 찌푸렸다.

"스위스에 들어온 이유가 강입자 충돌기의 파괴가 맞나?"

고릴라는 볼을 한 번 씰룩인 다음 입을 열었다.

"갓 오브 블랙필드, 우리 같은 군인은 명령에 움직이고, 포로가 되어도 신분과 명령의 내용을 발설하지 않는다는 것쯤 이해해 줄 거라 믿소. 남은 것은 프랑스와 영국, 그리고 한국의 정보국에서 해결할 문제요."

눈빛을 한 치도 피하지 않고 나온 답이었다.

"알았다. 그렇다면 여기서 끝낸다. 대신 헬멧은 놓고 가."

항복한 적의 헬멧을 진열하는 것은 특수팀의 오랜 관습이다. 뺏긴 쪽은 그만큼 치욕적인 일이지만, 목숨을 건 싸움에서 이긴 쪽이 전리품을 갖는 것은 당연한 일이 아닌가. 전대극, 김형정, 최성곤, 그리고 이곳에서 싸운 대원들을 위한 선물이었다.

고릴라는 잡아먹을 것처럼 강찬을 노려보았다.

그러나 상대가 강찬인 게 나빴다. 그런 눈빛을 피할 사람이 아닌 거다.

1분쯤 핏발이 서도록 강찬을 노려보던 고릴라가 고개를 한 번 끄덕이고는 헬멧을 벗어 그 앞에 던졌다.

투욱!

길었던 싸움이 끝났음을 알리는 소리였다.

투욱! 투욱!

근처에 있던 적들이 헬멧을 집어던졌다.

⚜ ⚜ ⚜

강찬이 위성 전화로 위치를 알려 준 곳은 분지에서 300미터쯤 떨어진 곳이었다.
 대원 둘은 허벅지와 사타구니를 뚫렸는데, 특히 왼쪽 사타구니를 뚫린 대원이 심했다.
 헬기에 의료팀을 포함시키라고 했고, 모르핀을 주사했다.
 한 시간은 족히 시간이 걸린다.
 혹시 몰라 경계를 세웠고, 저격수도 배치했다.
 "담배 피워도 되겠소?"
 석강호의 질문에 대원들이 초롱초롱한 눈빛으로 강찬의 눈치를 살폈다.
 "있으면 줘."
 몇 놈이 주섬주섬 담배를 꺼냈다.
 찔컹! 찔컹! 찔컹!
 라이터 켜는 소리가 들리고, 서넛씩 달려들어서 불을 붙였다. 석강호는 아예 2개의 담배에 불을 붙여 강찬에게 건네주었다.
 "후우!"
 담배를 빨아들이자 긴장이 어느 정도 풀렸다.
 햇살이 눈부셨다.
 이 아름다운 자연에서 기껏 죽고 죽이는 싸움을 한 거다.
 강찬은 또 한 번 이런 싸움이 지겹다고 느껴졌다.
 대원 다섯과 저격수 둘이 담배를 피운 다음, 교대하기 위해 움직이는 것을 제외하고 모두 바위나 나무에 기대앉았다.

봉지 커피, 라면, 집에서 먹는 김칫국, 뜨거운 밥, 그리고 강대경과 유혜숙, 김미영이 그리웠다.

주고받아도 아깝지 않은 사람들, 이익과 엉켜 있지 않은 사람들, 나를 아껴 주고 내가 아끼는 사람들이 보고 싶었다.

"우리 한국에 가면 여행 한번 가자."

두 번째 담배를 입에 물고 불을 붙이던 석강호가 뭔 소린가 하는 표정으로 강찬을 보았다.

"후우, 갑시다! 대장이 가자는데 지옥인들 못 가겠소?"

강찬은 피식 웃으며 담배를 하나 더 물었다.

"우리 지금까지 몇 명이나 죽였을까?"

이 양반이 왜 이러지?

석강호가 의심스러운 눈초리로 강찬을 보았다.

"경치가 좋으니까 헛생각이 드나 보다."

"줄곧 앞장서서 그런 걸 거요. 내가 그랬잖소. 전에 없이 예민한 것 같다고. 그게 풀리니까 힘이 빠질 수밖에. 서울 가서 우선 좀 쉽시다. 좋은 데도 다녀오고, 맛있는 것도 먹고."

강찬은 고개를 끄덕였다.

⚜   ⚜   ⚜

헬기를 타고 이동한 강찬은 곧바로 출발하지 못했다. 중상을 입은 대원 둘의 치료 때문이었다.

"이곳에서 수술받기로 했다. 오는 것까지 내가 챙길 테니까 너무 걱정하지 말고."

"감사합니다."

대원 둘은 꿋꿋한 표정을 유지하기 위해 애쓰는 표정이었다.

모든 대원이 남아야 하는 두 사람과 인사를 나눈 후에 수송기에 올랐다.

아침으로 컵라면과 씨-레이션을 먹었고, 봉지 커피도 마셨다.

"제라르, 한숨 자야겠다."

"그러십쇼."

강찬이 간이침대에 눕자 석강호와 대원들도 각자 자리를 찾아 몸을 눕혔다.

무섭게 잠이 들었다가 깬 것은 카타르 미군 기지에 비행기가 내릴 때였다.

"아후!"

엄청나게 기다란 꿈을 꾸고 일어난 것 같았는데 앞에 주르륵 앉아 있는 대원들을 보자 지금이 현실이라는 것이 실감났다.

강찬은 피식 웃고 말았다.

대원들의 표정에 자부심이 담겨 있었다.

차동균이 뒤로 움직이더니 생수를 가지고 왔다.

뚜껑을 열어서 손에 부어 주어 두 번 세수를 했고, 병을 받아서 몇 모금 마셨다.

"커피 한잔하시겠습니까?"

"그런 걸 왜 선임자가 챙겨?"

"좋아서 하는 겁니다. 한 잔 마시고도 싶고요."

세모꼴 눈에 만족감이 가득 담겼다.

강찬이 고개를 끄덕일 때 요란스럽게 석강호가 깨어났다.

"어우! 어우! 목이 왜 이렇게 깔깔하지?"

강찬이 손에 물을 부어 주자 세수를 마친 석강호가 냉큼 물병을 받아서 벌컥거리며 마셨다.

"내가 코 많이 골았소?"

"몰라. 나도 깊게 잠들었었다."

대원들이 고개를 비틀고 웃는 것을 보면 석강호의 코 고는 소리가 요란했던 모양이다.

차동균이 커피를 가지고 왔고, 앞에서 제라르가 나왔다. 석강호와 제라르를 본 차동균이 얼른 뒤로 다시 움직였다.

2잔의 커피를 강찬과 석강호가 먼저 마셨다.

"수술은 무사히 끝났답니다. 생명에 지장은 없겠고, 사타구니를 맞은 대원도 2세를 만드는 작업에 아무 지장 없을 거랍니다."

차동균이 커피 2잔을 들고 와서 제라르에게 건네주었다.

"대원 둘 수술 무사히 끝났단다. 2세 만드는 데 지장 없을 거라고 하고."

이야기를 들은 대원들이 손바닥을 마주치며 기뻐했다.

"부탁이 하나 있습니다."

"뭔데?"

담배를 건네준 제라르가 라이터를 꺼내면서 차동균을 슬쩍 보았다.

"SBS 헬멧 한 개만 주십쇼."

불을 붙인 강찬은 제라르를 빤히 보았다.

"대장이 준 기념품으로 생각하려고 합니다. 원래 참가한 팀에게는 하나씩 주는 거 아닙니까?"

강찬은 고개를 갸웃하며 제라르를 보았다.

말은 맞다.

원래 함께 움직인 팀이 있으면 그 팀이 백업을 했든 앞에서 교전을 했든 전리품은 나눠 갖는다.

이번 작전은 반드시 소문이 돈다. 하지만 이렇게 공개적으로 소문을 내도 괜찮은 걸까 하는 점과 헬멧을 가져간 제라르가 팀원들과 강찬의 이야기를 지껄여 대는 것, 두 가지가 염려스럽기도 했다.

강찬은 슬쩍 빠져 있는 차동균에게 고개를 돌렸다.

"프랑스 외인부대 특수팀에서 헬멧 하나 가져가고 싶다

는데? 어떻게 할까?"

"이럴 땐 어떻게 해야 합니까?"

"원래 함께 뛰었던 팀들은 나눠 갖는 게 맞아."

"알겠습니다."

차동균이 눈짓을 하자 대원 하나가 군장을 열어 헬멧을 건네주었다.

차동균이 가져온 헬멧을 제라르가 받았다.

중닭 둘이서 팔꿈치를 세워 두 손을 마주 잡고 얼굴을 확인한다.

특수팀은 이렇게 커 가는 거다.

대한민국 특수팀은 무시할 수 없는 명성을 얻었다.

대신 그만큼 벼르는 놈들이 많아진다는 단점이 있지만, 앞으로 합동훈련을 하게 된다면 적어도 이름값에서 밀리는 일은 없어진다.

제라르가 엄지를 세워서 차동균에게 보인 다음, 대원들 전체를 향해 쭉 보였다.

부상을 당하더니 쇼맨십만 늘었다.

어쩌면 강찬을 좋아하는 대원들 간의 유대감일지도 모른다.

땡. 땡. 땡.

불이 깜박이며 비행기가 천천히 움직였다.

"라면 드시겠습니까?"

이번엔 곽철호다.

이 새끼들은 물리지도 않나?

"다음번 작전을 나가게 되면 꼭 봉지 커피와 라면을 사 놔야겠습니다."

최종일의 농담도 들렸다.

"난 됐으니까 알아서들 먹어."

살아 돌아오는 것은 이래서 좋다.

누구도 죽지 않았다는 기쁨.

하지만 진흙밭 근처를 계속 맴돌면 언젠가는 진흙이 튀고, 또 한 번은 빠질 수도 있다.

그것이 특수팀은 죽음과 연관된다.

저것들을 아예 최강팀으로 만들어 버려?

'아서라.'

강찬은 고개를 저었다.

지금 당장은 이런 싸움에 더 끼어들고 싶지 않았다.

제6장

보고 싶었어

한국 시각으로 일요일 새벽 3시 30분이다.

30분 후면 오산 비행장에 내릴 시간이었는데, 잠이 든 대원은 하나도 없었다.

"한국에서 며칠 쉬다 갈까요?"

"그래도 되냐?"

"불법 체류하는 거지요."

제라르의 뻔뻔스러운 말에 강찬이 풀썩 웃었다.

"대장, 나 전역하면 한국에 와도 됩니까?"

이 새끼가 도대체 왜 이러지? 진심인가?

"1년 남았습니다. 연장 신청을 할까 아니면 전역할까 고민 중인데 솔직히 대장 없는 전쟁터, 별 재미없습니다."

"전투를 재미로 하는 놈이 어딨냐?"

"난 그랬습니다."

제라르가 진지하게 입을 열었다.

"외롭게 살다가 대장 만나서 전투에 나갈 때, 함께 막사에서 뒹굴 때, 재미있었습니다."

제라르가 커다랗게 숨을 내쉬었다.

"대장처럼 병아리도 제대로 못 구하는데 하나라도 잃으면 왜 사는 건가 싶기도 하고. 한국 특수팀 얼굴 보고 알았습니다. 나도 저렇게 뿌듯하게 작전 마치고 싶습니다."

제라르가 맞은편의 대원들을 슬쩍 보았다.

말귀를 못 알아듣는 대원들이 무슨 일인가 하는 눈빛으로 제라르와 강찬을 살폈다.

"스페츠나츠의 기습이라면 외인부대 특수팀도 절반 이상 희생됐을 겁니다. 거기에 SBS까지? 한 명도 안 죽은 겁니다. 돌아가면 그때 두건이랑 베레모 받은 병아리 새끼가 또 막사 안에서 피식거리는 연습하는 거랑, 걷다가 느닷없이 소총 겨누며 대장 흉내 내는 꼴을 봐야 하는데. 후유!"

제라르가 고개를 설레설레 저었다.

"그런 놈을 구해 낼 자신이 없습니다."

알 것 같았다.

이 새끼는 이제 책임감이 어깨를 누르는 거다.

이걸 이겨 내고 살아남으면 실력이 부쩍 느는 거고, 아니면 시체가 되는 일만 남는다.

"제라르, 외롭다고 느껴지면 언제고 와라."

바닥을 보고 있던 제라르가 고개를 번쩍 들었다.

"다예루도 그렇고, 나도 그렇고. 외로워서 모였던 거잖아. 그러니까 혼자라고 생각되면 날아와. 여차하면 한국 특수팀에 들어와도 되겠다."

"대장도 거기 있을 겁니까?"

"글쎄?"

"일단 옵니다!"

"그러라니까!"

강찬이 풀썩 웃자 제라르가 만족한 웃음을 보였다.

"뭐라는 거요?"

그리고 부록처럼 석강호의 질문도 날아들었다.

내용을 설명하자 툴툴거릴 줄 알았던 석강호가 고개를 끄덕이며 제라르의 어깨를 툭툭 다독여 주었다.

"얼른 와라. 이 형이 제대로 인생을 가르쳐 주마."

말은 부드러운데 뜻은 오묘하게 들렸다.

"뭐라는 겁니까?"

하아! 하여간 이 두 새끼가 만나면 피곤하다. 여기에 스미든까지 끼어들면?

강찬은 갑자기 커다란 실수를 한 것 같았다.

땡. 땡. 땡.

오산이다.

비행기가 내려간다는 신호가 들리자, 대원들 사이에 묘한 흥분이 돌기 시작했다.

카라라라랑!

방향을 트는 비행기 엔진 소리가 정겹게 다가왔다.

드드드드득!

그러나 착륙은 정말 못한다!

후우우우웅! 드으으으웅!

새벽 4시 10분이다.

어둠에 싸인 활주로를 향해 수송기의 문이 열렸다.

몸을 일으키고 각자의 짐을 들었을 때였다. 입구에 선 제라르가 강찬을 향해 경례를 붙였다.

피식.

강찬도 마주 답을 해 주고 돌아섰을 때였다.

제라르가 SBS의 헬멧을 옆구리에 낀 채로 내려서는 대원들을 향해 경례를 했다.

특수부대원으로 존경심을 표한다는 의미였다.

차동균, 최종일, 그리고 곽철호 순으로 내리며 제라르에게 답을 했다.

"저놈들 위험한데요?"

얼굴과 눈빛에 가득 담긴 자부심을 보며 석강호가 던진 말이었다.

"놔둬. 이런 맛도 있어야지."

강찬의 말에 석강호가 고개를 끄덕였다.

라이트를 모두 끈 관광버스가 비행기 앞으로 다가왔다.

마지막에 내리는 대원이 왼손에 들고 있는 강찬과 석강호의 옷을 보면서 아직도 군복을 입고 있다는 사실을 깨달았다.

대원들이 모두 버스에 오른 뒤에 강찬은 비행기를 흘깃 보았다.

급유를 하고 바로 프랑스로 날아갈 거다.

지루하게 돌아갈 제라르가 안쓰러웠으나 이제는 각자 사는 곳을 향해 움직일 시간이었고, 달리 해 줄 것도 없었다.

'잘 가라.'

고개를 끄덕여 준 강찬은 버스에 올라 앞 의자에 앉았다.

출구 바리케이드를 지나고서야 버스는 라이트를 켰다.

곧바로 작은 사거리, 좌회전, 그리고 신호등이 있는 커다란 사거리다. 이곳을 지나 다음 사거리에서 좌회전을 하면 일반인들이 다니는 도로와 합류한다.

그런데 버스가 오른쪽 도로에 정차했다.

승용차 2대, 승합차 한 대.

라이트 불빛 앞에서 승용차 문이 열리고, 세 사람의 모습이 보였다.

치이이익.

강찬은 바로 버스에서 내렸다.

"강찬!"

전대극이다.

이 양반은 붕대를 감고 돌아다니는 게 버릇이 된 느낌이었다. 하기야 그 뒤에 서 있는 김형정도 다를 건 없겠다.

몸이 멀쩡한 김태진이 가장 뒤에 서 있었다.

승합차에서는 프랑스 요원 한 명이 나와서 두 손을 앞에 잡고 강찬을 기다렸다.

"고맙다."

강찬의 어깨에 손을 얹은 전대극이 복잡한 눈으로 그를 보았다.

"석 선생!"

전대극이 손을 내밀었다.

고개를 돌려 보니 최종일과 우희승, 이두범도 내린 뒤였다.

"우리끼리 아침 먹어도 되지?"

"그러시죠. 그럼 승합차 먼저 보내구요."

"그러지. 아예 대원들에게도 인사하고 와."

강찬은 고개를 끄덕였다.

"같이 가자."

방금 내렸지만, 그래도 인사는 하는 게 도리다. 석강호와 최종일 등을 데리고 강찬은 버스에 올랐다.

"우리는 여기서 따로 간다."

대원들이 입을 꾹 다물고 강찬을 보았다. 눈빛들이 확실히 달라져 있었다.

"고생 많았다. 다 같이 살아와 줘서 고맙고. 다음번에 어떤 작전을 가든, 이번 작전을 기억해라."

"차렷!"

쿠웅.

차동균이 단단하게 외친 구령에 대원들이 버스 바닥에 오른발을 굴렸다.

"경례!"

쿠웅.

강찬은 버스 안에 있는 대원들을 쭉 둘러보았다. 그리고 손을 올렸다.

잘됐다. 다 살아와서 정말 잘된 거다.

강찬이 손을 내리자, '바로!' 하는 구령과 함께 또다시 버스 바닥이 커다랗게 울렸다.

이두범이 옷을 받아 내린 직후에 버스가 출발했다.

강찬은 우선 승합차 앞에서 기다리는 프랑스 요원에게 향했다.

"이분들과 움직일 테니까 먼저 가."

"대사님께서 연락을 기다리십니다."

"지금?"

새벽 4시 30분이다.

강찬은 요원이 건네주는 전화를 받았다.

"대사님!"

[강찬 씨, 훌륭한 작전이었습니다.]

구렁이가 자꾸 감정을 담아서 마음을 움직이게 한다.

"오늘은 기다리는 분들이 있어서 아침을 같이 먹어야 합니다. 서울에 올라가서 전화드릴게요."

[아! 나 역시 오늘은 아침밖에 시간이 없습니다.]

라노크가 아쉬운 심정을 바로 전했다.

[아프리카의 2개 나라 정상이 한국을 방문했기 때문에 빠질 수가 없습니다. 끝나는 대로 전화하겠습니다.]

"그러시죠. 늦게라도 대사님만 괜찮다고 하시면 찾아뵙겠습니다."

[강찬 씨.]

라노크가 고맙다는 말을 할 것 같아서 강찬이 먼저 입을 열었다.

"대사님, 뒤를 멋지게 지켜 주셨기 때문에 가능했던 성과였습니다. 나머지는 만나 뵙고 말씀드리죠."

라노크의 웃음을 끝으로 통화가 끝났다.

승합차를 출발시키고 돌아와서 곧바로 움직였다.

김태진과 최종일 일행이 한 차, 김형정이 운전하는 차에 전대극과 강찬, 그리고 석강호가 탔다.

운전석 뒤에 앉은 강찬의 오른손을 전대극이 왼손으로 지그시 잡았다.

낯간지러운 행동이었지만 전대극의 마음이 고스란히 전해진 데다, 어딘가 마음 한구석이 따듯해지는 느낌이어서 강찬은 아무 말하지 않았다.

김형정이 향한 곳은 한남동 뒤쪽에 있는 2층 양옥집이었다. 대문 옆으로 담을 뚫어 만든 새시 문이 열려 있었는데 차는 곧바로 그리 들어갔다.

"국가정보원 안가입니다. 원장님께서 특별히 강찬 씨 아침을 준비하라고 지시를 내려 주셨습니다. 저도 이곳은 처음 와 봅니다."

말을 마친 김형정이 차에서 내렸다.

마당은 승용차 4대 정도가 주차할 수 있었고, 집도 그리 화려하거나 커다란 규모는 아니었다.

요원인 듯한 남자 둘이 서 있는 것을 제외하면 현관, 거실도 여느 가정집과 다를 바 없었다.

소파에 앉자 요원 한 명이 재떨이와 커피를 가져다주었다.

"피곤하시면 방에서 눈을 붙일 수도 있습니다."

"비행기 안에서 푹 잤어요."

전대극이 강찬에게 담배를 직접 집어서 권해 주었다.

"피워! 연기 맡는 건 싫지만, 담배 피우러 자리 피하는 게 더 싫어."

강찬이 풀썩 웃음을 터트렸다. 전대극의 눈에 작전 상황을 듣고 싶은 열망이 한껏 담겨 있어서였다.

"잠깐 계세요. 팀장님과 담배 하나 마음 편하게 피우고 올게요."

김태진이 거들고, 김형정이 슬쩍 엉덩이를 들자 전대극도 어쩔 수 없다는 표정이었다.

⚜ ⚜ ⚜

"야! 준비는 다 됐지?"

부관은 미소를 감추지 못했다.

"장군님, 아침 준비만 벌써 열 번을 넘게 확인하셨습니다."

최성곤이 흘기는 것처럼 부관을 보고는 담배를 꺼내 물었다.

5시부터 막사 밖에 서 있었는데 시간이 더럽게 안 흘러가는 느낌이었다.

"저기……!"

"국 세 가지, 반찬 열 가지, 그리고 대원들이 제일 좋아하는 돼지고기 볶음, 소불고기, 밥도 평소보다 반 이상 더 해

놓았습니다."

"알았다, 알았어."

최성곤이 버릇처럼 입구를 보았다.

"후우!"

그는 캄캄한 하늘을 보면서 길게 숨을 내쉬었다.

이 새끼들이 다 살았다.

비록 두 놈이 수술을 받았지만, 그놈들도 죽지 않을 거란 답을 들었다.

스페츠나츠, 그리고 SBS를 상대하고 말이다.

생각만 했을 뿐인데 소름이 쫙 돋았다.

야전에 남기를 잘했다고 백 번쯤 혼자 중얼거리기도 했다.

벌써 두 번이나 승진할 기회를 제 발로 걷어찼었다. 그럴 때마다 동기들이 미친 인간이라며 수군거렸고, 부인은 자기 보기 싫어서 일부러 야전에 구르는 거냐며 달려들었었다.

아니다.

정말은 피로 연결된 것만큼이나 소중한 대원들을 버리지 못했기 때문이다.

혹한기, 혹서기 훈련. 외국팀에 위탁 교육. 합동훈련.

혹독한 훈련을 보내면서 언제고 저놈들이 기를 펼 날이 있을 거란 희망, 그리고 반드시 그렇게 만들어 주고 말겠다는 각오로 버틴 시간이었다.

그렇게 견디는 동안 차동균은 중위를 달았고, 곽철호는 소위가 되었다. 그 외에도 대원들은 승진했지만, 작전에 나가지 못한 건 마찬가지였다.

'버스가 사고 난 건 아니겠지?'

최성곤은 고개를 저었다.

사람이 왜 이렇게 작아지는 거지?

휙!

최성곤의 고개가 입구를 향해 빠르게 돌았다.

불빛이다.

산을 타고 불빛이 비치고 있었다.

'왔나? 온 건가?'

그렇게 몇 번을 되뇌고 있을 때 버스가 들어섰다. 최성곤은 그만 긴장이 탁 풀리는 느낌이었다.

버스가 막사 앞에서 움찔하며 멈춰 섰다.

치이이익.

문이 열렸고, 가장 먼저 차동균이 내렸다.

눈빛 좀 봐라!

꿈에서 그리던 자부심 넘치는 특수팀의 눈빛.

외국의 유명한 팀들이 보이던 그런 눈빛을 차동균과 대원들이 뿜어내고 있었다.

"차렷!"

착!

"장군님께 경례!"

척!

이를 꽉 깨문 최성곤이 손을 들어 눈썹에 붙이고 대원들을 돌아보았다.

그가 손을 내리자 '바로!' 하는 구령이 들렸다.

이 새끼들!

최성곤이 감정을 추스르기 위해 잠시 숨을 쉬는 사이, 대원 하나가 빠르게 차동균에게 헬멧을 전했다.

의아해하는 최성곤에게 차동균이 건네받은 헬멧을 내밀었다.

"SBS의 헬멧입니다!"

최성곤은 목이 쭉 빠졌다. 그리고 눈을 커다랗게 떴다.

"총 5개를 획득해서 한 개는 지원을 나왔던 외인부대 특수팀에게 전했고, 4개를 가지고 왔습니다!"

최성곤은 헬멧에서 시선을 들어 차동균을 보았다.

"SBS가 항복한 것 맞습니다. 총 27명 중 사망 열셋, 중상 넷입니다. 스페츠나츠는 4명만 살아서 돌아갔다고 들었습니다!"

최성곤은 일부러 고개를 비틀고 먼 하늘을 보았다.

기가 막힌 정도의 성과, 그리고 평생을 바쳤던 일에 대한 표창을 손에 들었다.

그렇다고 특수군을 맡은 장군이 대원들 앞에서 함부로 감정을 보일 수는 없는 일이다.

이를 악물고 표정을 수습한 최성곤이 아무렇지도 않은 척, 차동균을 보았다.

"대원들, 쉬어."

차동균이 뒤로 돌아서 '쉬어!'라고 말하고 느긋하게 몸을 돌렸다.

"담배 하나씩 피우고 밥 먹자."

"알겠습니다."

부관은 최성곤이 들고 있는 헬멧을 받아 주려다 그가 왼쪽 옆구리에 꼭 끼고 있는 것을 보고는 자리에 멈춰 섰다.

최성곤은 울고 있는 것처럼 보였다.

⚜　　⚜　　⚜

아침을 먹고 났는데도 오전 6시 30분이었다.

불행하게도 강찬이 작전의 상황을 주저리주저리 떠드는 편이 아니었으나, 직급이 깡패라고 최종일은 싫든 좋든 내용을 전해야 했다.

밥을 먹이자고 부른 거야? 이야기가 궁금했던 거야?

시골 노인네가 삼국지를 처음 듣는 것처럼 전대극의 눈과 귀는 온통 최종일에게 향해 있었다.

헬멧을 뺏었다는 대목에서 흥분한 전대극이 결국 물 잔을 엎었는데, 아무튼 분위기는 최고였다.

식후에 과일을 먹었고, 차도 마셨다.

"오늘 일정은 어떻습니까?"

"부모님이 제주도에 계세요. 괜찮으면 제주도로 갔다가 저녁에 함께 올라올까 해요."

"비행기를 또 탈 수 있겠습니까?"

석강호까지 화들짝 놀란 얼굴이었으나 강찬은 그렇게 피곤하지 않았다. 그리고 이상하게 강대경과 유혜숙이 보고 싶은 것도 있었다.

"어디 계신지는 아시죠?"

"그거야 당연히 요원들이 주변에 있으니까 지금이라도 연락이 됩니다. 시간이 이러니까 아마 호텔에 계실 겁니다."

강찬의 시선을 받은 김형정이 빠르게 전화기를 들었다.

⚜　　⚜　　⚜

호텔에서 일어난 강대경과 유혜숙은 대충 짐을 꾸렸다.

"아들 덕분에 호강했다."

"당신은 그래? 난 아들이 없으니까 맥이 빠져, 여보. 미안하기도 하고."

"찬이가 우리한테 준 선물이야. 우리가 기뻐해야 찬이도 기쁠 거야. 다음번엔 같이 가기로 했으니까 일부러라도 재미있다고 생각하자."

"알았어. 그런데 둘이 있기엔 방이 너무 크다. 이거 많이 비싸지 않을까?"

"또 그런다."

트렁크를 앞에 두고 앉은 유혜숙의 어깨를 강대경이 뒤에서 다독여 주었다.

"아침 먹자. 비행기 시간도 그렇고 하니까 아침 먹고 차 한 잔 마신 다음에 바로 공항으로 가면 될 거야."

한숨을 푹 내쉰 유혜숙이 트렁크를 닫을 때였다.

헬리콥터 소리가 요란하게 울리며 호텔의 유리창이 잘게 떨었다.

"여보! 호텔에도 헬리콥터가 와?"

"원래 특급 호텔은 착륙장을 만드는 곳이 있기는 하지. 그런데 나도 헬리콥터가 직접 오는 건 처음 봤다."

강대경과 유혜숙이 창에서 바라볼 때 호텔 관계자들이 나와 대기하는 것이 보였다.

워낙 멀어서 윤곽만 알아볼 정도였다.

"높은 사람인가 봐?"

"바쁜 사람일 수도 있지."

산책을 하던 사람들이 신기한 구경을 하는 것처럼 시선

을 집중하고 있었다.

헬기에서 내린 남자를 호텔 직원들이 맞았다.

"여보, 아들이 보고 싶어서 그런지 찬이처럼 보여."

"어이구, 사모님. 저녁에 올라가면 볼 수 있을 겁니다."

강대경은 멋쩍게 웃는 유혜숙의 어깨를 안아 주었다.

"9시가 다 됐다. 이제 아침 먹어야지."

유혜숙이 고개를 끄덕였다.

헬기에서 내린 남자는 이미 건물로 들어갔고, 다시 떠오른 헬리콥터는 바다 위를 날고 있었다.

객실에서 나온 강대경과 유혜숙은 엘리베이터를 타고 1층에서 내렸다. 똑바로 나아가면 로비 라운지가 나오고, 오른쪽은 수영장과 헬스장, 왼편이 뷔페식당인데 객실에 제공되는 무료 이용권이 있어서 어제도 아침은 이곳에서 먹었다.

금요일 밤 비행기로 도착했다.

공연히 호텔비만 쓴다고 투덜거렸던 유혜숙은 토요일 아침에 일찍 나왔다가 복잡함에 놀란 바람에 오늘은 아예 여유 있게 나선 거였다.

한 번 와 봤다고 그새 눈에 익은 복도를 지나 뷔페식당을 향해 왼편으로 돌았다.

안내 카운터에서 숙박자 명단만 확인하면…….

몸을 돌리던 강대경과 유혜숙은 멍한 눈으로 움직이지 못했다.

"방으로 전화했더니 안 받으셔서 이리로 왔어요."
"아들?"
검은색 정장에 셔츠 차림의 강찬이 활짝 웃으며 다가왔다.
"아침부터 드세요."
"언제 왔어?"
"조금 전에요."
호텔 관계자 서넛이 급하게 움직여서 자리를 만들어 주었다.
"어떻게 된 거야?"
유혜숙은 아예 밥 먹을 생각을 잊은 것처럼 강찬만 보고 있었다.
"여보, 찬이 배고프겠다. 우리 먹으면서 얘기하자."
"아 참! 내 정신 좀 봐! 그래, 얼른 밥 먹자."
강찬은 꼼짝없이 아침을 다시 먹게 생겼다.
그래도 좋았다.
강대경의 눈짓, 놀란 와중에도 기뻐하는 유혜숙의 얼굴을 보는 것이 더없이 좋았다.
"금요일에 왔어. 같이 왔으면 정말 좋았을 텐데."
강대경이 '어흠!' 하며 눈짓을 하자 유혜숙이 얼른 표정을 바꿨다.
"그래도 아들 덕분에 좋은 구경 많이 했어."

강찬은 풀썩 웃으며 강대경에게 고맙다는 사인을 보냈다.
"오늘 좀 늦게 올라가셔도 되죠?"
"오늘? 우리 비행기가 오후 1시로 예약돼 있어."
"그거 제가 바꿀 수 있어요. 괜찮으시면 저랑 저녁에 올라가요."
잠깐 유혜숙과 눈을 마주친 강대경이 고개를 끄덕였다.
"그래, 그러자. 짐이야 호텔에 잠깐 맡겨 놔도 되지."
"아들, 이거 먹어 봐. 이것두."
뷔페식당이야 좋아하는 음식을 먹을 만큼 떠먹으라고 있는 건데, 유혜숙은 연신 강찬의 접시에 요리를 하나씩 옮겨 주었다.
꾸역꾸역 먹는 것 말고는 방법이 없다.
한 시간쯤 걸린 식사가 차를 마시는 것으로 마무리되었다.
"방에 가서 짐 챙겨서 내려오자."
"두셔도 돼요. 제가 부탁해 놨어요."
"요금을 더 안 내고?"
"예."
강대경이 의아한 표정으로 강찬을 보았다가 이어서 묘한 눈빛을 보냈다.
"가세요. 두 분하고 가 보고 싶은 곳이 있어요."
"어딘데? 아들?"

"깜짝 선물이요."

식당을 나선 강찬은 두 사람과 함께 로비를 지나 호텔 현관 앞에 섰다. 택시, 렌터카, 자가용, 그리고 하얀색 리무진이 서 있었다.

강찬이 움직이자 리무진 앞에 서 있던 직원이 문을 열었다.

"어머니!"

"어머!"

사람들이 대놓고 바라보는 앞에서 강대경과 유혜숙은 얼떨떨한 표정으로 차에 올랐다.

터억.

두 사람의 맞은편에 강찬이 앉았고, 문을 닫자 바로 출발했다.

"이건 뭐야?"

설마 리무진인 걸 몰라서 하는 질문은 아닐 거다.

"깜짝 선물 시작이에요."

강대경은 '너무 무리하는 거 아니냐?' 하는 눈빛을 보내면서도 유혜숙의 반응이 재미있다는 표정이었다.

"우리 이거 타고 어디가?"

완전히 김미영 판박이처럼 보여서 강찬은 풀썩 웃고 말았다.

"차보다 아들이랑 같이 있으니까 정말 좋다."

"저두요."

정말 그립던 순간이다.

제주도, 리무진, 다 떠나서 이렇게 함께 있는 순간을 진심으로 바랐던 강찬이다.

유혜숙이 궁금한 표정으로 바깥을 바라볼 때 차가 멈춰섰다.

"여기서 내려?"

"예."

당황하고 들뜬 유혜숙과는 달리 강대경은 '요놈이 이번엔 또 뭘 하려고 그러지?' 하는 짓궂은 표정이었다.

그랬던 강대경이 곧바로 당황한 얼굴을 하고 말했다.

"모시게 돼서 영광입니다."

요트 앞에 제복 차림의 직원 다섯이 일렬로 서 있을 거라고는 짐작하지 못했던 모양이다.

결국, 강대경은 기가 막힌 듯 웃음을 터트렸다.

몇 번을 확인한 다음 배에 올랐고, 바다를 향해 요트가 출발했다.

제법 규모가 있어서 편안한 의자가 배의 뒤편에 놓여 있었고, 안쪽은 고급 레스토랑을 연상시킬 정도로 세련되게 꾸며져 있었다.

세 사람은 우선 밖에 앉았다.

여직원이 샴페인을 가져다주어서 각자 손에 들었다.

"그래! 아들의 깜짝 선물이라니까 어디 마음껏 놀라고 즐겁게 놀아 보자! 고맙다, 아들!"

강대경이 손을 내밀었고, 유혜숙과 강찬이 잔을 부딪쳤다.

쨍!

볼이 좁고 기다란 잔이 경쾌한 소리를 냈다.

"맛있다!"

비용을 알았다면 절대 저런 소리를 안 했을 거다. 강대경은 눈치를 챈 것 같았지만 두말하지 않았다.

유혜숙이 이상하게 강대경과 강찬의 눈치를 살폈다.

"어머니, 한 잔 더 하실래요?"

"그래도 돼?"

강찬이 직원을 바라보자 여직원이 얼른 다가와 유혜숙의 잔을 채워 주었다.

맑은 하늘, 따스한 햇볕, 눈부시게 파란 바다.

"여보, 행복해!"

혼잣말처럼 말을 뱉은 유혜숙의 어깨를 강대경이 다독여 주었을 때였다.

배가 멈춰 섰고, 선장이 낚싯대 3대를 준비해 주었다.

유혜숙을 위해 미끼를 달아 주고 잡은 고기를 빼 주는 직원까지 따로 있었는데, 강찬은 아예 낚싯대를 놓아두고 유혜숙의 곁에 있었다.

"어머! 또 물었나 봐!"

신기할 정도로 유혜숙의 낚싯대에 연신 고기가 걸렸다.

"사모님이 어복이 있으시네요!"

직원도 놀라는 눈치였는데, 고기에 정신이 팔린 유혜숙은 못 들은 모양이었다.

2시간이 훌쩍 지나갔다.

"아후! 너무 재밌다."

물수건에 손을 닦고 의자에 앉은 유혜숙이 환하게 웃을 때, 직원이 조금 전에 잡은 물고기 회와 전복, 해삼 등을 깔끔하게 썰어서 가져왔다.

"음!"

유혜숙의 탄성이 과장된 것이 아니어서 배가 부른 강찬이 먹기에도 맛이 기가 막혔다.

잠시 쉬었다가 처음 탔던 곳으로 돌아왔다.

기다리고 있던 리무진을 타고 어제 구경하지 못했던 유리 공원에 들렀다가 점심으로 오분자기 돌솥밥, 성게국을 먹었다.

그리고 처음으로 셋이 사진을 찍었다.

두 사람에게는 전에도 있던 일이겠지만, 다시 태어난 강찬에겐 처음 있는 일이었다. 바다를 배경으로 셋이, 유혜숙과 둘이, 그리고 강대경과 함께.

호화로운 하루였지만, 강찬은 스스로에게 주는 선물이라

고 여겼다.

이 모든 것을 준비한 것은 사실 김형정이었다.

정확하게는 비용이 어디서 나오는지 모른다. 하지만 돈을 내고라도 이 정도 시간과 여유는 즐기고 싶었다.

제주도에서 가장 유명하다는 멜론 빙수를 먹고 났을 때는 오후 4시쯤이었는데, 유혜숙은 지친 얼굴이었다.

하기야 배를 타고 낚시를 하는 게 쉽지는 않은 일이겠다.

"아들, 우리 몇 시 비행기야?"

깨끗하게 빙수 그릇을 비운 유혜숙의 질문에 이제 그만 가서 쉬고 싶다는 바람이 담겨 있었다.

"서울에 갈까요?"

"그래도 돼?"

예쁘다. 그리고 고마웠다.

모처럼 시간 내준 아들이 마음 상하지는 않을까 배려해주는 엄마와 궁금하고 놀라운 것을 모두 버리고 끝까지 태연한 척해주는 아버지가 말이다.

"지금쯤 가시면 딱 맞을 것 같아요."

"그래?"

셋이서 호텔로 돌아와 방에 들러 양치를 하고 다시 나왔다.

리무진으로 공항에 도착했을 때 직원이 기다리고 있다가 강찬을 맞았다.

"표는?"

"준비했을 거예요."

공항 안쪽으로 들어가자 바로 활주로가 나왔고, 강찬이 올 때 탔던 자가용 비행기가 기다리고 있었다.

유혜숙은 말을 잊은 표정이었고, 강대경은 웃음을 터트렸다.

"가자! 아들의 깜짝 선물이라잖아."

놀란 가슴을 진정시킨 후에 유혜숙은 비행기에 올랐다.

곧바로 출발이다.

"혹시 아침에 헬리콥터 타고 온 사람이 너냐?"

"보셨어요?"

"푸흐흐흐."

강찬의 귀에 대고 질문을 던졌던 강대경이 재미있다는 듯 또 웃었다.

"이제 끝이지? 넓은 집으로 이사 가 있거나 그런 건 아니지?"

강대경의 농담에 강찬도 모처럼 커다랗게 웃었다.

"뭐가 그렇게 재밌어?"

"남자들끼리 비밀 얘기야."

"이이는 꼭!"

요트, 자가용 비행기, 그런 것에 전혀 상관없이 유혜숙은 강찬을 보고 있는 것이 행복한 얼굴이었다.

김포공항에 내려서 집에 도착한 시간은 저녁 8시쯤이었다.

"저녁은 어떻게 할까?"

"시장하세요?"

사실 세 사람 모두 배가 고플 일이 없었다.

"그럼 이따가 과일이나 먹을까?"

"그래요, 어머니."

짐을 푸는 동안 강찬은 샤워를 했다.

이 편안함은 무엇과도 바꾸기 어려운 거다.

방에 들어와 침대에 누웠다. 그렇게 피곤하지 않다고 생각했는데 그만 깊게 잠이 들었다.

삐이걱.

조심스럽게 방을 살피던 유혜숙이 안쓰러운 표정으로 강찬을 보았다.

"자?"

"응."

유혜숙의 뒤에 선 강대경의 표정도 유혜숙과 다르지 않았다.

유혜숙이 살금살금 다가가서 이불을 살짝 덮어 주었다.

"많이 피곤했었나 봐."

"그래 보였잖아. 힘든 걸 억지로 이겨 내려고 눈빛이 그랬었나 보다."

유혜숙이 얼굴을 삐죽이며 눈물을 달자 강대경이 그녀의 어깨를 안아 주었다.

"당신하고 여행 못 가는 걸 많이 서운해하더라구. 당신 마음 편하게 못 지내면 어떡하냐고 걱정도 하고."

"어린애가 얼마나 힘들까, 여보?"

"이제는 묵묵하게 지켜봐 주는 게 우리가 할 일이야. 꿋꿋하게 항상 찬이를 지켜봐 주자. 힘들 때, 언제고 와서 쉬었다 갈 수 있게."

유혜숙이 고개를 끄덕였다.

"여행 행복했지?"

"그러엄! 아들 덕분에 최고의 여행이었어."

두 사람이 만족한 듯 웃었다.

⚜ ⚜ ⚜

늘 깨던 시간에 잠에서 깼다.

술을 실컷 마시고 일어난 것처럼 정신이 멍했는데, 몸에 쌓였던 피곤함이 모두 녹아서 빠져나간 느낌이었다.

강찬은 고개를 털며 일어나 운동복을 입고 밖으로 나왔다.

"후우!"

스위스의 맑은 공기와 비교할 바는 아니었지만, 그렇더

라도 새벽 공기가 주는 특유의 상쾌함이 온몸에 느껴졌다.

"나오셨습니까?"

몸을 풀던 강찬은 풀썩 웃음을 터트렸다. 최종일이 작은 물병을 들고 다가오고 있었다.

"좀 쉬지!"

"충분히 쉬었습니다."

"집에서 뭐라고 안 해? 아기도 있다면서?"

"안사람도 606에서 만났습니다."

강찬은 모자란 사람처럼 웃었다.

물 한 모금을 마시고, 최종일과 함께 달렸다.

살아 있다는 건 이렇게 좋은 거다.

달리기 위해 발을 뻗을 때마다 기운이 충전되는 듯한 느낌이었다.

속도를 내지는 않았다. 최종일 때문이 아니라 몸에 무리를 주고 싶지 않아서였다.

10킬로미터를 돌아서 아파트의 입구에 섰다.

"허억. 허억."

최종일과 둘이서 숨을 고르고, 물 마시고, 간단하게 맨손 운동을 했다.

"어디서 씻을래?"

"다 봐 뒀습니다."

최종일이 바라본 상가에 사우나가 있었다.

"아침은?"

최종일이 재미있다는 듯 웃었다.

"올라간다."

강찬도 웃으면서 아파트 현관을 향해 몸을 움직였다.

"아들! 오늘은 좀 쉬지! 아후, 이 땀 좀 봐!"

"푹 잤어요. 뛰고 오니까 오히려 몸이 풀리는데요."

"얼른 씻어."

김칫국 냄새다. 묵은 김치에 콩나물과 두부를 넣고 끓인 매콤한 국.

며칠 되지도 않았는데, 이번엔 유난스럽게 집에서 느껴지는 모든 것이 좋았다.

샤워하고 나와 식탁에 앉았을 때 강대경도 샤워를 마친 얼굴로 식탁에 앉았다.

"오늘도 운동했냐?"

"예. 피곤이 싹 풀렸어요."

유혜숙이 국을 놓아주고 자리에 앉아서 식사가 시작되었다.

제주도에서 먹었던 그 어떤 음식만큼이나 좋았다.

아침 식사를 끝내고 강대경과 유혜숙이 옷을 갈아입는 동안 강찬은 거실에 있었다.

강대경은 늘 출근할 때까지 보도 전문 채널을 틀어 놓는다. 러시아의 대통령이 한국을 방문할 예정이라는 소식을 집중적으로 다루고 있었다. 한국이 오랫동안 요구하던 어획량 조정이 있을 것 같다는 희망적인 보도가 이어졌다.

강대경이 먼저 거실로 나왔다.

"괜찮니?"

강대경은 유혜숙이 듣지 않았으면 싶은지 안방을 힐끔 보았다.

강찬은 무슨 말인지 이해하지 못했다.

"힘에 부치는 얼굴이다. 눈빛이 그래."

"피곤해서 그런가 봐요. 지금은 괜찮은 것 같은데 눈빛이 아직도 그래 보이세요?"

"그래, 이 녀석아. 안쓰러워."

강대경이 강찬의 어깨를 두드려 줄 때 유혜숙이 나왔다.

몇 마디를 나누고 두 사람을 배웅한 강찬은 TV를 끄고 방으로 들어왔다.

연락을 기다릴 사람이 있다.

강찬은 먼저 라노크와 통화를 해서 약속을 잡았다. 다음은 김형정이다. 라노크와 헤어지고 바로 삼성동 사무실로 찾아가기로 했다.

라노크와의 약속은 오후 2시, 남산호텔이어서 시간 여유가 좀 있었다.

'이제 약속은 됐고, 학교 축제를 누구한테 부탁하지?'

도대체 축제에서 원하는 게 뭔지를 알아야 김미영의 부탁을 시원하게 들어줄 수 있는 거다.

강찬은 결국 허은실과 이호준을 만나 보는 게 좋겠다는 생각을 했다.

월요일 오전이고, 2시까지 시간이 있으니까 학교에 가 봐? 간 김에 김미영과 학교 식당에서 점심도 먹고, 그러려면 교복을……? 염병!

12시 넘어서 점심을 먹는 거니까 점심이 끝나자마자 호텔로 달려가야 한다.

교복을 입고서 주철범이 하는 인사를 받고 라노크를 만난다?

강찬이 입맛을 다실 때 전화가 울렸다.

"여보세요?"

[뭐하쇼?]

"전화 기다렸다. 커피 한잔하러 가자."

[푸흐흐흐, 얼른 나오쇼.]

"어딘데?"

[집 앞에 차 대 놨소.]

강찬은 얼른 양복을 걸치고 밖으로 나섰다.

하여간 이놈하고는 손발이 척척 맞는다.

강찬이 올라타자 석강호는 곧바로 미사리를 향해 차를 몰았다.

석강호가 힐끔 강찬을 보았다.

"그렇잖아도 아버지께서 말씀하시더라. 눈빛이 아직 안 풀렸냐?"

눈치가 말할 필요 없다는 투였다.

"어떠냐구?"

석강호가 또 힐끔 강찬을 보고는 인상을 찌푸렸다.

"솔직히 독이 머리끝까지 오른 사람이 억지로 참고 있는 것처럼 보이우."

"진짜?"

"그렇다니까요. 칼 한 자루 들면 딱 어울릴 눈빛이오."

"내 느낌에 그 정도는 아닌데? 그냥 눈에 힘 좀 들어갔겠구나 싶은 정도야."

"워낙 예민해져서 그런 거 아니겠소? 평소보다 독이 올랐던 수치가 너무 높아서 가라앉아도 주변에서 보기에는 그대로 보이는 거?"

강찬은 창밖으로 시선을 주었다.

작전 중에 죽은 대원이 있는 것도 아니고, 성과가 적지 않았는데 왜 이럴까?

거기에 김형정이 제공해 준 비행기와 헬리콥터, 심지어 요트까지 실컷 즐기고 돌아온 다음 날에 말이다.

미사리에 도착해서 커피를 시켜 놓고 담배를 물었다.

"2시에 라노크 대사 만나기로 했고, 헤어지는 대로 김 팀장님 사무실 가기로 했어."

"러시아 대통령이 방문한다고 난리던데요?"
"그러게. 그거야 이따가 만나 보면 이야기가 있겠지."
이런저런 이야기를 나누다가 강찬은 김미영의 부탁에 관해서도 말을 해 주었다.
"내일 학교에 가 볼 생각이다."
석강호가 히죽 웃으면서 강찬을 보았다.
"그래도 미영이 얘기할 때는 얼굴이 좀 풀어지우?"
"내가?"
"그래요!"
강찬은 학생 식당에서 손을 잡아 줄 때 느꼈던 일들을 털어놓았다.
"솔직합시다. 내가 볼 땐 대장이 미영이 좋아하는 거요."
좋아하는 건 맞다. 그런데 표정이 바뀔 정도였나? 전에도 작전 중에 보고 싶었던 사람이 있었나?
강찬은 강을 향해 시선을 돌렸다.

제7장

뒤처리

석강호와 백반으로 점심을 먹고 호텔로 움직였다.
 여유 있다고 생각했었는데 느닷없는 공사로 길이 막혀서 겨우 제시간에 도착할 수 있었다.
 "어떻게 할래?"
 "집에 가 있겠소. 끝나고 움직일 때 전화하쇼."
 "그러자."
 현관에 들어선 강찬은 기다리고 있던 프랑스 요원과 함께 곧장 객실로 향했다.
 엘리베이터를 타자 히죽거리는 웃음도 나왔다.
 이 호텔에 와서 처음으로 주철범과 마주치지 않고 객실로 올라가는 거였다.

띠잉.

엘리베이터에서 내려 익숙한 복도를 지나 객실에 들어섰다.

"강찬 씨!"

라노크가 기다란 팔을 벌리고 다가오는 모습이 나쁘지 않았다.

작전 중에 교신 한 번 주고받지 않고 손발이 맞았던 사람이다. 강찬도 반가운 마음으로 라노크를 안았다.

"앉읍시다."

테이블에는 이미 차와 찻잔, 그리고 담배와 시가가 놓여 있었다. 차를 따랐고, 편안하게 시가와 담배를 들었다.

"정말 멋진 작전이었습니다."

프랑스인답게 깊게 들어간 라노크의 눈에 감정이 담겨 있었다.

"덕분에 바실리의 멱살을 제대로 잡았습니다."

"대사님께서 언젠간 잡으실 거였잖습니까?"

"바람을 피우다 들통 난 남편. 지금 바실리가 아마 그런 심정일 겁니다."

라노크와 강찬이 동시에 웃음을 터트렸다.

여유롭게 시가의 연기를 허공에 뱉어 낸 라노크가 말을 이었다.

"영국과 모종의 거래가 있었던 건데, 불행하게 강찬 씨 때문에 다 망가진 거지요. 거기에 혼자 모든 걸 뒤집어쓰게 된 영국이 본국에 도움을 요청한 겁니다. 지금 바실리는 영국이 어떤 말을 우리에게 할지 긴장하고 있을 겁니다."

재떨이에 시가를 돌려 재를 떨어내면서 라노크가 평소와 다른 웃음을 보였다.

"얼마나 급하면 러시아 대통령이 방한을 하겠습니까? 내게 중재를 요청했습니다. 강찬 씨, 러시아에 요구할 것이 있으면 내게 알려 주면 됩니다. 이럴 땐 뒤를 생각하지 말고 큰 것을 요구하는 것이 좋습니다."

"저야 잘 모르겠고, 정부 관계자와 의논을 해 봐야 알 것 같은데요? 대사님께서 추천해 주실 만한 건 없나요?"

"러시아에서 받을 거라곤 무기와 자원밖에 없지요. 교활한 바실리가 대통령을 이용해서 어획량을 늘려 주는 선심을 쓰려나 본데 그건 일단 받으세요. 그리고 핵무기, 혹은 석유의 개발권을 요구하는 게 좋습니다."

"핵무기나 석유 개발권이요?"

라노크가 고개를 끄덕였다.

"자존심 강한 바실리가 다급한 모양을 보이고 있습니다. 러시아에 배신당한 영국이 본국과 손을 잡거나, 아니면 강찬 씨와 손을 잡게 됐을 때 무언가 엄청나게 불리한 상황에 놓이는 것 말고는 저럴 위인이 아닙니다."

이럴 때 라노크는 영락없이 구렁이의 표정과 눈빛이다.

"그러니 핵무기 정도를 내놓으라고 하고 반응을 보는 것도 나쁘지 않은 걸 겁니다."

그런 걸 요구하면 차갑고 냉정한 바실리가 어떻게 나올까?

재미는 있겠다.

"강찬 씨, 여기서 끝이 아닙니다."

그냥 끝이었으면 싶었지만, 내색하지는 않았다.

"영국 정보국에서 드디어 강찬 씨를 만나고 싶다는 뜻을 전해 왔습니다. 이 역시 요구 조건을 말해 달랍니다."

마치 어려운 시험에 합격한 제자를 대하는 것 같은 표정으로 라노크는 이야기를 전했다.

"단 한 번의 작전으로 칼자루를 완벽하게 강찬 씨가 쥐었습니다. 정말 대단한 일입니다."

칼자루를 또?

지금까지 쥔 것만도 차고 넘쳐서 절로 고개가 저어지는 말이었다.

"대사님, 전 그런 걸 바라고 움직였던 건 아닙니다."

"알고 있습니다. 그래서 강찬 씨에게 더 감사합니다."

"대사님께서 외인부대 전체에 비상령을 내리신 것도 들었습니다. 그렇게 대사님과 함께한 것, 그리고 대사님께서 염려하시던 일이 잘 해결되어서 좋을 뿐이지, 그 외에 얻어지는 것은 그렇게 관심이 없습니다."

"그렇군요. 그렇다면 일단 필요한 중재는 내가 알아서 하겠습니다."

중요한 이야기가 대강 끝난 느낌이었다.

그런데도 라노크가 자리에서 일어나지 않는다. 아직 할 이야기가 남았다는 뜻이었다.

"프랑스 정부에서 이번에 수고해 준 한국의 특수팀에게 감사의 뜻을 표할 겁니다. 본국은 이걸 러시아와 영국에서 받아 낼 거니까 부담 갖지 않아도 됩니다."

차를 한 모금 마신 라노크가 강찬을 장난스럽게 보았다.

"강찬 씨는 돈에 욕심이 없는 것 같고, 그렇다고 여자도 별로고."

고등어 보고 싶어 하는 것도 이 구렁이가 알고 있을까?

"이번 작전에 대한 감사의 뜻을 표하고 싶은데, 혹시 바라는 것은 없습니까?"

바라는 것?

"글쎄요? 좀 더 고민해 보고 답을 드려도 됩니까?"

"하하하하."

라노크가 유쾌한 웃음을 터트렸다.

"발전했군요, 강찬 씨! 전 같으면 일단 없다고 했을 텐데! 좋습니다! 좋아요!"

확 핵무기를 하나 달라고 해 버려?

하기야 자신이 이런 요구를 하면 라노크는 러시아에서 2개를 뺏어서 하나만 건네줄 사람이다. 바실리가 그 정도 영향력이 있는지는 모르겠지만 말이다.

"대원 2명이 남았습니다."

"그건 전혀 걱정할 일이 없습니다. 정보국에서 1급 경호를 하고 있고, 최고의 의료진이 담당하고 있습니다."

말을 마친 라노크가 강찬의 안색을 살폈다.

"우선 며칠 쉬는 게 좋겠습니다. 아직 눈빛이 제대로 풀리지 않아 보이네요."

"예. 그렇잖아도 여행이나 다녀올까 싶은데요."

이후로 차를 마시며 개인적인 이야기를 나눈 다음, 강찬과 라노크는 호텔을 나섰다.

현관에서 라노크를 배웅하며 고개를 돌리는데, 안쪽에서 주철범이 허리를 꾸벅 숙였다.

귀신같은 새끼! 늘 저렇게 고개를 돌리면 나타나 있다.

"강찬 씨."

그저 이름을 부르고 손을 맞잡았을 뿐이다. 그런데도 그의 눈에 담긴 감정을 충분히 알 수 있었다.

차가 출발하는 것을 본 강찬은 다시 로비로 들어섰다.

"오신 줄 몰랐습니다. 죄송합니다, 형님!"

이 새끼는 이런 걸 죄송하게 생각하고 있었구나!

"커피나 한잔할래?"

"그럴 시간이 되십니까?"

"가자!"

저렇게 좋아하는 얼굴을 보고 어떻게 그냥 가겠나?

강찬은 주철범과 로비 라운지에 들어서서 커피를 주문했다.

"도석이는?"

"며칠 전부터 제대로 된 음식도 먹습니다, 형님."

지배인이 반갑다는 눈인사와 함께 커피를 놓아주었다.

"범인 얘기는 더 없어?"

외국인이 범인이라 그렇다는 답을 했을 뿐이다. 그런데 주철범이 조심스럽게 강찬의 귀에 고개를 디밀었다.

"형님, 그날 CCTV 기록을 도석이 형님이 가지고 계신답니다."

강찬은 물끄러미 주철범을 보았다.

그날이라면 샤흐란의 옆구리를 갈랐던 날이다. 중국 놈들이 비닐에 싸서 세탁물 수거함에 담아 지하로 내려간 날.

알 놈은 다 알고, 뒷마무리까지 모두 끝났는데 여기서 더 남을 게 뭐가 있겠나?

심지어 세흐토 브니므와도 이야기가 끝났다.

"이젠 필요 없는 걸 거다. 상황 다 끝났는데, 뭐."

"혹시 형님이 필요하시면 드리겠다고 했습니다."

"다른 게 찍힌 것 없잖아?"

"도석이 형님도 제대로 못 봤답니다. 그런데 외국인에게 당할 이유가 그것밖에 없다고 생각하는 모양입니다. 차와 집이 온통 난장판으로 뒤집어진 것도 그렇구요."

"됐다. 나중에 한 번 갈 거니까 그때 들어 보자. 참! 내가 돈 좀 보내 줄 테니까 우선 도석이 병원비에 보태라."

"어후, 형님! 광택이 형님 아시면 저 죽습니다."

주철범이 마약이라도 건네받는 놈처럼 치를 떨어 댔다.

이렇게까지 나오는데 권하기도 뭐하다.

좀 더 이야기를 나눈 강찬은 택시를 타고 김형정에게 향했다. 가는 길이라고 전화를 했는데 우습게도 석강호와 함께 있다는 답을 들었다. 학교를 나가지 않으니까 시간이 남는 거다.

'건물을 빨리 인수해야겠는데?'

석강호도 그렇고, 강찬도 매일 편안하게 나갈 곳이 필요하긴 했다.

거리는 완전히 가을 냄새를 풍기고 있었다.

참 바쁘게 살았다.

어쩌면 아프리카에 있을 때보다 더 큰 사건들과 작전들을 치르면서 지낸 시간이었다.

멍하니 창밖을 바라보는 동안에 택시가 도착했다.

계산을 마치고 건물에 들어서 5층에 도착하자 김형정이 불편한 몸으로 직접 문을 열었다.

"왜 직접 그러세요?"

"이게 한번 움직이니까 그럭저럭 적응이 됩니다."

김형정의 안내를 받아 안으로 들어서자 석강호가 서 있다가 강찬을 맞았다.

"일찍 왔냐?"

"짬뽕 먹었소."

재떨이며 커다란 음료수 컵, 그리고 커피를 담은 것이 분명한 종이컵이 테이블에 가득했다.

자신과 헤어지고 바로 온 거다.

딸칵.

테이블에 앉을 때 직원 한 명이 음료수 3잔을 따로 가져오고, 빈 잔들을 들고 나갔다.

"침대에 앉으세요."

"견딜 만합니다. 이번 주 지나면 침대도 치울 참입니다."

"좋은 일 있으세요?"

담배를 든 강찬의 질문처럼 김형정은 웃음을 바닥에 깔고 있는 얼굴이었다.

"러시아의 제안 때문입니다. 늘 고집을 피우던 러시아가 이번에 고개를 숙이는 모습도 그렇고, 이번 러시아 대통령의 방한과 동시에 영국에서도 프러포즈가 있었습니다. 프랑스 정보국과는 상호 협조를 위한 절차를 밟기 시작했구요."

들어 보면 개인적으로 좋은 일은 아무것도 없다. 그런데도 이렇게 웃음을 깔고 있을 정도로 좋은 일일까?

"강찬 씨, 별것 아닌 것 같지만, 지금 말씀드린 세 가지만 가지고도 우리나라의 위상이 불쑥 올라갑니다. 거기에 특수팀의 명성이 더해지면……. 후우! 국가정보원의 일원으로 지금 같은 순간을 늘 꿈꿔 왔습니다. 유럽에서, 그리고 세계 곳곳에서 활동하는 우리 요원들이, 그동안 함부로 총질을 해 댈 수 있었던 대상에서 지금은 대한민국 특수팀을 계산할 수밖에 없는 존재가 된 겁니다."

뿌듯한 얼굴로 김형정이 강찬과 석강호를 보았다.

"프랑스에서 러시아의 스페츠나츠, 영국의 SBS를 물리쳤습니다. 그것도 단 한 명의 희생자도 없이요. 게다가 프랑스, 러시아, 영국이 화해의 손짓을 먼저 보입니다. 이후로 어떤 나라든 우리 요원을 살해하면 보복을 계산해야 한다는 의미가 됩니다. 솔직히… 감당 못할 정도의 감동입니다."

강찬은 웃는 얼굴로 김형정을 보았다.

한 작전에 담긴 의미가 나라별로, 그리고 대상별로 참 다르게 전해지는구나 싶었다.

"참, 팀장님, 러시아에서 중재 요청이 있었답니다. 요구 조건을 내걸 수 있다는데 라노크 대사의 말로는 핵무기나 석유 개발권? 뭐 그런 걸 요구하는 게 좋겠다는데요?"

말을 한 강찬이 놀랄 정도로 김형정의 표정이 딱딱하게

굳었다.

"핵, 핵, 핵무기요?"

이 양반이 말을 더듬는 버릇이 있었나?

"예."

강찬은 고개를 끄덕이며 답을 했다.

"석유, 그러니까 석유 개발권 말씀이신 거죠?"

"예. 분명하게 그 정도는 요구하라고 하던데요?"

"러시아에 말씀이죠?"

강찬은 우선 고개를 끄덕여 준 다음, 입을 열었다.

"어획량을 제안한 건 일단 받으시랍니다. 그리고 두 가지 중 하나를 요구해 보자고 하던데요?"

김형정이 마른침을 삼키는 것을 분명하게 보았다.

"라노크 대사가요?"

강찬이 웃자 석강호가 따라 웃었다. 이거야, 주말에 하는 개그 프로를 흉내 내는 것도 아닐 테고.

"강찬 씨, 지금 말씀하신 제안이 가지는 의미를 잘 몰라서 그런 겁니다. 핵무기를 가진다는 건? 후우."

김형정이 고개를 저어 댔다.

"그냥 제안만 하자는 건데요, 뭐! 주지도 않을 거 같은 일에 굳이 흥분할 필요가 있나요?"

"그래서 석유 개발권을 말씀하신 게 아닐까요?"

"그렇긴 하겠네요. 라노크 대사라면 분명 뒤를 생각해 두었을 테니까요."

"하아! 러시아는 타국에 개발권을 양도한 적이 없습니다. 일본이 국가적 차원에서 달려들어 지분 49퍼센트를 지켜 낸 일 이외에 지금껏 그 어떤 나라도 개발권을 따낸 적은 없습니다."

"그게 그렇게 중요한 일이 되나요?"

김형정이 오히려 풀썩 웃음을 터트렸다.

"석유 개발권을 얻으면 우리나라는 중동의 눈치를 보지 않고 원유를 무한정 공급받을 수 있습니다. 지금보다 우리나라 물가가……?"

그는 잠시 고개를 비틀고 허공을 바라보았다.

"아마 30퍼센트 이상 떨어질 겁니다."

"오!"

석강호가 감탄사를 터트렸고, 강찬도 놀란 눈을 했다.

'별거 아닌 것 같은 제안이 이런 효과가 있는 거구나.'

역시 사람은 배워야 한다.

김형정은 강찬을 똑바로 보았다.

"정말 그런 제안을 하라고 했다는 거지요?"

"저기, 라노크 대사님께 알아서 해 달라고 했는데요."

"예에?"

김형정이 눈을 동그랗게 떴다.

"그걸 혹시 우리가 요구하는 것으로 바꿔 주실 수 있을까요?"

"그거야 가능하지 않을까요?"

"그럼 잠시만 시간을 주십시오. 이건 바로 보고해야 할 사안이라서요."

"그러세요."

강찬이 담배를 들자, 석강호가 얼른 라이터를 켜 주었다.

둘이서 담배를 피우고 있는 동안, 김형정이 전화를 걸어 조금 전 나누었던 이야기에 관해 설명했다.

"예. 지금 강찬 씨와 함께 있습니다. 사실 여부는 프랑스 정보국이 아니고는 확인하기 어렵습니다."

사람들 참! 아무렴 라노크가 거짓말을 할 사람인가?

"분명히 핵무기와 석유 개발권 맞습니다."

김형정이 시선을 주어서 강찬은 고개를 끄덕여 주었다.

"네! 대기하고 있겠습니다. 알겠습니다."

전화를 내려놓은 김형정이 길게 숨을 내쉬었다.

"빨리 국가정보원의 능력을 끌어 올려야겠다는 사명감이 생깁니다. 해외에 있는 요원들이 아마 오늘이나 내일쯤 환호성을 지를 겁니다."

강찬은 석강호와 눈을 마주치고 잠자코 있었다. 여기에 아직 확인되지 않은 영국 이야기를 할 필요는 없을 것 같아서 더 말을 전하지도 않았다.

"참! 제주도 여행은 감사했습니다. 덕분에 두 분과 좋은 시간도 보냈고, 무엇보다 어머니께 무언가 해 드린 것 같아서 정말 마음에 들었습니다."

김형정이 숨을 내쉬는 것처럼 웃었다.

"이번 작전으로 얻은 것을 제대로 보상하자면 호텔을 통째로 빌려 드려도 모자랄 겁니다. 외국에서 활동하는 우리 요원들의 입지를 올리려면 1년에 최소 300억을 3년 이상 집행해야 결과가 나옵니다. 그런데 고작 그 정도밖에 못해 드린 겁니다. 국가정보원의 한 사람으로 부끄럽고, 미안합니다."

"바라고 한 게 아닌데요. 그리고 라노크 대사를 위해 시작했던 일입니다. 전 작전 출발할 때 이미 받을 건 다 받은 겁니다. 그러니까 너무 마음 쓰지 마세요."

김형정은 아무래도 마음이 쓰이는 얼굴이었다.

몇 마디를 더 나눴을 때부터 갑자기 김형정의 전화가 울려 대기 시작했다. 휴대폰을 끊기 무섭게 벨이 울렸고, 심지어 책상 위에 놓인 유선 전화까지 그를 찾았다.

강찬은 적당한 순간에 석강호와 함께 사무실을 나섰다.

"저녁 먹자."

얼추 시간도 됐고, 갈 곳이 없어서 빌빌댈 석강호를 보자 강찬은 그냥 들어가기 싫었다.

"그럽시다. 스미든 새끼 부를까요?"

"왜?"

두 놈이 만나서 좋은 꼴을 보인 적이 없어서 강찬은 겁이 덜컥 났다.

"이번에 제라르를 보니까 외로운 얼굴입디다. 나도 그랬고, 그 새끼도 그렇고. 대장이 없었으면 혼자 떠돌았겠지요."

이 새끼는 어째 이런 말을 하는데도 뭔가 벼르고 있는 것처럼 보이지?

강찬의 의심스러운 눈초리 앞에서도 석강호는 꿋꿋했다.

"스미든 그 새끼도 혼자 외로울 거요. 그러니 전화해서 같이 밥 먹읍시다. 지난번에 힘도 못 쓰고 잡혀 있던 것도 마음에 걸리고."

"알았다."

어디로 움직일지 몰라서 길거리에 선 채로 전화를 걸었다.

[여보세요?]

하! 그 새끼! 그새 한국말이 또 늘었다.

무엇보다 발음이 워낙 자연스러워서 다른 사람이 대신 받은 느낌이었다.

"스미든, 나다."

[대장! 스미든이에요!]

"어디냐?"

[어학당에서 지금 막 나왔어요!]

개새끼! 여자들한테만 말을 배우더니 말투만 들으면 아

예 20대 깜찍 떠는 여자였다. 이놈 하는 짓을 몰랐다면 게이가 되었나 싶을 정도로 간지러운 억양과 말투였다.

"저녁 먹을래?"

[오우! 오늘 데이트 약속이 있어요. 음! 내일까지는 어학당 친구들과 약속이 있으니까 모레 어때요?]

강찬은 깊은 곳에서 올라오는 한숨을 천천히 내쉬었다.

"알았다. 그때는 어떻게 될지 모르니까 나중에 따로 전화하자."

강찬이 대답하는 사이, 옆에서 '누구야?' 하는 질문이 들려왔다.

[그래요! 잘 지내요, 대장.]

강찬이 전화를 끊는 것을 본 석강호가 의아한 얼굴로 '무슨 일이 있답디까?' 하고 질문을 던졌다.

"어학당 친구들과 내일까지 약속이 꽉 찼단다. 여자애랑 있는 것 같으니까 둘이서 밥 먹으러 가자."

"에이! 개새끼!"

석강호가 대뜸 욕을 뱉었다.

그러기에 왜 잘 있는 놈을 외로울 거라고 생각해서는!

강찬이 킬킬거리자 석강호가 비슷하게 따라 웃었다.

"저녁은 뭐로 먹을래?"

"갈비 먹읍시다!"

부담스럽긴 했지만, 석강호가 먹고 싶다는 것을 반대할

이유는 없었다. 강찬은 석강호와 둘이서 근처에 규모가 있는 식당으로 들어갔다.

"갈비 5인분만 주쇼."

"손님이 더 오세요?"

"아니요."

직원 아주머니가 석강호를 힐끔 살피고는 얼른 주방으로 향했다.

"맥주 한잔하실라우?"

"소주도 한 병 시키자?"

"푸흐흐흐!"

모처럼 석강호의 만족한 웃음을 들었다.

"캬하!"

고기를 연신 집어넣던 석강호가 맥주잔을 단숨에 비워 내고는 감탄사를 뱉어 냈다.

저렇게 퍼먹고 속이 부대끼지 않는 것, 그리고 살이 찌지 않는 것도 재주다.

모처럼 술이 들어가니까 속이 후련했다.

석강호가 맥주 한 병을 더 주문하고 났을 때였다.

"지루하더라도 조금만 더 참아."

"뭘요?"

강찬이 기껏 다 익은 고기를 불 바깥쪽으로 옮겨 놓았더니 석강호가 새 고기를 가운데 얹었다.

"건물 하나 사려고 알아보잖냐. 그러고 나면 아침에 둘이 사무실 나가는 걸로 하자. 같이 운동도 하고, 점심도 먹고. 좋잖냐?"

"푸흐흐흐."

석강호가 잔을 들어서 강찬에게 디밀었다.

틱!

맥주잔이 둔탁한 소리를 냈다.

"캬하! 좋다!"

젓가락을 놀리기 바쁜 것 같아서 이번에는 강찬이 술을 따랐다.

"난 지금 더 바라는 거 없수. 대장 만나서 외롭지 않고, 가끔 이렇게 작전 뛰고."

둘이서 다시 폭탄주를 마시는 사이에 석강호가 올려놓은 고기에서 연기가 잔뜩 피어올랐다.

"아휴! 고기 타요."

직원 아주머니가 다가와 능숙하게 고기를 뒤집고 탄 부분을 잘라 낸 다음, 먹기 좋게 불 바깥쪽에 놓아주고 얼른 자리를 피했다.

"웃기는 말인데……."

석강호가 강찬의 눈치를 슬쩍 봤다.

"나 요즘 불안할 때가 있소."

"그런 놈이 왜 작전을 뛰어?"

"그게 아니오."

강찬은 잠자코 다음 말을 기다렸다.

"갑자기 대장이 사라져 버리거나 나쁜 일을 당하면 어쩌나 하는 걱정이 머리를 떠나지 않는 거요. 이렇게 지내다가 혼자 남으면 어쩌지? 저렇게 앞서 있다가 또 누군가에게 당하면 어떡하지? 뭐 그런 거요. 같이 있으면 마음이 놓이다가 헤어지면 걱정되는 거, 그런 거 알겠소?"

강찬은 피식 웃고 말았다.

"확! 쓸데없는 소리 말고 술이나 마셔. 헛소리하는 바람에 고기만 다 탔다."

강찬이 고기를 뒤집는 속도만큼이나 빠르게 석강호가 입으로 가져갔다.

"말이 나왔으니까 말인데, 이번에 교전 벌어졌을 때 너 죽을까 봐 나도 걱정했었다."

"에이! 그건 좀 오바다! 내가 그런 시시껄렁한 놈들한테 당할 것 같으쇼?"

강찬은 흐느끼는 것처럼 웃고 말았다.

스페츠나츠와 SBS 팀원들이 들었다면 전원이 죽을 때까지 달려들던가, 콱 절벽에서 뛰어내릴 소리였다.

"빨리 빌딩 사자. 그래서 같이 지내자. 그게 제일인 것 같다."

"그럽시다."

된장찌개와 공깃밥까지 먹고 난 석강호와 함께 근처의 커피 전문점으로 자리를 옮겼다.

따끈한 커피 2잔, 흡연이 가능한 테라스.

"참, 좋소!"

"왜? 이젠 안 불안하냐?"

"같이 있을 땐 괜찮다니까요! 거, 눈 좀 푸쇼. 다른 손님들 불안하겠소."

"점잖은 척할래?"

별것도 아닌 말이 웃겨서 함께 웃었다.

"이제 뭐할 거요?"

"글쎄. 당분간은 쉰다고 했는데?"

"그럼 우리 한 사흘 어디 도망갔다가 올까요?"

"도망?"

석강호가 히죽 웃고는 입을 열었다.

"한 사흘 사라졌다가 옵시다. 푸흐흐흐, 여기저기 벌컥 뒤집히지 않겠소?"

강찬도 풀썩 웃음을 터트렸다.

당장 전대극은 병실 천장까지 뛰어오를 거고, 김형정은 아픈 몸을 이끌고 전국을 누빌 거다.

"아서라. 애꿎은 종일이만 뒈지게 혼난다."

둘이서 담배를 나눠 피우며 킬킬거렸다.

딱 아프리카에서 전투를 마친 다음 날 같다.

한 놈도 죽지 않고 돌아오면 이렇게 앉아서 술을 마셨다. 이럴 때 제라르가 끼어들었다가 다예루한테 욕 처먹고 한쪽으로 빠지는 것도 웃겼고.

"살아 있으니까 좋다."

"그렇지요!"

석강호가 히죽거리며 답을 했다.

담배 피우고, 커피 마시고, 예전의 감정이 고스란히 올라와 한 시간이 훌쩍 흘렀다.

강찬은 전화기를 들어 시간을 확인했다.

얼추 9시가 다 됐다.

"들어가야지."

"그러지 말고 미영이 학원에 가 봐요."

"뭐?"

"미영이 학원에 가 보라구요. 앞에서 기다리다가 집에 데려다주면 좋아할 거요. 덕분에 눈도 좀 풀고."

강찬은 피식 웃으며 커피를 마셨다.

갈 수는 있다.

못 만나도 상관없다.

그러나 보고 싶어서 가는 것은 몰라도 눈에 독기 빼고 싶다고 김미영을 만나러 가고 싶지는 않았다.

"하여간 이렇게 이벤트를 몰라요!"

"너나 잘해."

"어? 왜 날 가지고 그러쇼? 난 이래도 집에 가면 죽여줍니다."

"알았으니까 일어나!"

술 냄새도 빠졌고, 이젠 정말 집에 들어가야 할 시간이었다.

웅웅웅. 웅웅웅. 웅웅웅.

잔을 치우려는 순간에, 미쉘의 이름이 올라왔다.

"여보세요?"

[차니, 오늘 드라마 봤어?]

"아차! 미안하다. 지금 밖에 있어서 못 봤어."

[아쉽다. 오늘 반응 정말 좋은데.]

"그래? 잘됐다."

[어디야? 바쁜 거야?]

만나고 싶어 하는 건 알겠다.

그런데 어쩐지 이렇게 독기가 쌓여 있을 때 만나서는 안 될 것 같다는 생각이 먼저 들었다.

"오늘은 좀 그래. 무슨 일 있니?"

[건물 좋은 게 나왔어. 내일 시간 되면 같이 보러 갔으면 해.]

"내일 오전에 내가 전화할게."

[그럼 내일 봐.]

전화를 내려놓은 강찬을 석강호가 힐끔 보았다.

"미쉘이란 아가씨요?"

"응."

"오늘 같은 날은 데이트도 좀 하고 그러쇼. 어째 아프리카 때랑 똑같이 그래요?"

"됐다. 빌딩 좋은 거 있단다. 내일 보러 가기로 했어."

석강호가 고개를 끄덕였다.

"들어가자."

"그럽시다. 담배 하나만 피우고요."

석강호가 담배를 들었을 때였다.

웅웅웅.

문자가 와서 확인했는데 자연스럽게 웃음이 나왔다.

{보고 싶어.}

담배를 입에 문 석강호가 의심스러운 눈초리로 전화기와 강찬을 차례로 보았다.

강찬은 바로 통화 버튼을 눌렀다.

[여보세요!]

"어디야?"

[학원!]

"저녁은 먹었어?"

[응! 오늘 바빠?]

"안 바빠."

석강호가 히죽 웃으며 시선을 다른 곳으로 돌렸다.

[나! 한 시간 있으면 수업 다 끝나. 오늘 불어 수업이거든. 멋진 선생님 보니까 생각나서 문자 한 거야.]

"내가 갈까?"

[응!]

"후우!"

석강호가 들으란 듯이 연기를 세게 뿜어 댔다.

나쁜 새끼!

그 와중에 석강호는 제 눈 끝을 검지로 찍고 위아래로 움직여 보였다.

눈에 독기가 빠진단 뜻처럼 보였다.

[나 대치동이야. 그때 아이스크림 가게에 있으면 그리 갈게.]

"알았다."

[ㅎㅎㅎㅎ.]

전화기를 내려놓자 석강호가 눈을 게슴츠레하게 뜨고 강찬을 보았다.

"왜?"

아직 시간이 있어서 담배를 꺼내 들었다.

"그런 모습이 있는 줄은 몰랐소. 내가 갈까? 아휴!"

석강호가 강찬의 흉내를 내며 커다랗게 웃었다.

"하여간 보기 좋소. 그래요. 그렇게 대장을 위한 시간도 좀 쓰고 사쇼. 얼마나 좋아요?"

불을 붙이고 다 식은 커피를 한 모금 마셨다.

"전화하는 거 보니까 딱 표가 나는구만. 왜 먼저 보자는 소릴 못하는 거요?"

"뭘 못해?"

퉁명스럽게 대꾸하긴 했지만, 석강호 말이 맞다.

강찬은 피식 웃은 다음, 생각을 털어놨다.

"에이! 그게 뭐요?"

"왜?"

"하여간 안 그럴 것 같은데 여자 문제는 정말 고지식해. 미영이는 대장 진심으로 좋아하는 건데, 한발 쑥 빠져서 너 내년에도 안 변하면 내가 받아들일게, 하는 거 아뇨?"

"그거하고는 좀 다르지."

커피 찌꺼기에 담배를 꽂은 강찬은 남은 커피를 털어 넣었다.

"다를 게 뭐 있수? 사람은 사귀다가 헤어질 수 있는 거요. 어떻게 지금부터 평생을 만난다고 확신하고 만날 사람이 있겠소?"

강찬은 멍한 눈으로 석강호를 보았다.

이 새끼가 정말 이렇게 말을 잘했었나 하는 것도 있었지만, 지금 한 말이 맞는 것 같은 이유도 있었다.

당장은 대답하기 어려웠는데 아무튼, 석강호의 말에 생각이 살짝 흔들리긴 했다.

뒤처리 • 259

"갑시다."

강찬은 자리에서 일어났다.

"대장."

테라스에서 바로 밖으로 나설 때 석강호가 강찬을 불렀다.

"행복해집시다. 우리도 그럴 권리쯤 있는 거 아니오? 부모님께 하고 싶은 것도 실컷 해 드리고, 미영이도 만나고. 그래서 대장이 행복해하는 얼굴도 한번 봅시다."

이런 말을 진지하게 하니까 아까보다 좀 더 멍한 느낌이었다.

강찬은 피식 웃었고, 석강호는 히죽 웃었다.

"들어가."

"알았소."

"내일 다른 약속하지 말고."

석강호가 히죽 웃으며 도로를 향해 움직였다.

둘이서 차례로 택시를 탔다.

우리도 행복해질 권리쯤 있지 않냐고?

석강호도 나처럼 남의 것을 차지한 불편함을 느끼며 지내고 있었던 건가?

강대경, 유혜숙을 만난 이후로 가끔은 행복하다고 느꼈던 순간이 있었다.

그런데 석강호는 왜 저런 소리를 지껄인 거지?

나직하게 숨을 내쉴 때 택시가 대치동에 도착했다. 사거리에서 내려 천천히 아이스크림 가게로 들어섰다.

생각해 보니까 최종일이 따라오고 있는 거다.

불러서 저녁이나 먹일 걸 하는 생각과 김미영을 만나는 것도 따라다닐 거라는 불편한 생각이 동시에 들었다.

"에이!"

자리에 앉은 강찬은 고개를 털었다.

가뜩이나 오늘 생각이 많았는데 석강호 때문에 머리가 더 복잡해졌다.

행복해지자고?

지금 적응하는 중이다.

술만 마시면 주먹질해 대는 아버지 밑에서 돈가스 하나 사 먹을 돈 없이 살았고, 그 뒤로 아프리카에서 10년 가까이 전투만 치르다 죽었다.

다시 살아난 거?

기껏해야 이제 반년쯤 된 거다.

30년 가까이 살아왔던 지난 삶이 하루아침에 기억에서 없어질 수 있을까?

강대경, 유혜숙과 함께 살면서 행복을 배워 가고 있는 거다. 맞다. 그런 거다.

얼굴을 문대자 문득 담배 냄새가 풍겼다.

손을 씻으러 화장실에 들어간 강찬은 세면대 앞에 걸린

거울을 보았다.

 피식.

 정말 눈빛이 번들거리고 있었다.

 이게 당연한 거 아닌가?

 이십이 넘는 사람을 죽이고 불과 이틀 지났다. 그런데 오늘 평온한 얼굴을 하는 게 더 이상한 거다.

 손을 닦고 자리로 돌아온 강찬은 멍하니 창밖을 보았다. 석강호가 지껄인 소리 때문에 머리만 복잡해졌다.

 강찬이 숨을 커다랗게 마시고 털어 낼 때 김미영이 들어섰다.

 손을 흔든다.

 빤히 가게 안에서 뭐 저럴 것까지는.

 "아이스크림 먹을래?"

 "응!"

 가방을 의자에 내려 두고 진열대로 가서 아이스크림을 골라 자리로 돌아왔다.

 "ㅎㅎㅎㅎ."

 플라스틱 스푼으로 아이스크림을 뜨면서 김미영은 연신 강찬에게 시선을 주었다.

 "아 해!"

 "응?"

 강찬이 무슨 소리냐는 투로 눈을 떴을 때 김미영이 아이스크림을 내밀었다.

 살면서 처음이다.

 어색한 느낌으로 아이스크림을 받아먹었는데, 김미영은 뭐가 좋은지 '흐흐흐흐.' 하고 웃으면서 제 입에도 떠 넣었다.

 '내가 정말은 몇 살인 거지?'

 하고 다니는 짓은 전에 살던 나이 때인데, 김미영을 만나게 되면 완벽하게 고등어 꼴이 된다. 어쩌면 김미영에게 미적거리는 가장 큰 이유가 그 때문인지도 모른다.

 나이를 정하면 모든 게 간단하다.

 과거의 나이를 따지면 미쉘이 어울리고, 지금의 나이를 정하면 김미영이 맞는 거다.

 누가 더 좋은지가 중요하다고? 결혼 생활을 하는 석강호조차 제대로 적응 못한 문제인 거다.

"무슨 생각해?"

"어떻게 하면 행복해질까 하는 생각?"

 김미영이 눈을 크게 뜨고 강찬을 보았다. 작전 도중에 그렇게 보고 싶었던 표정이었다.

"나하고?"

 이런 엉뚱한 질문도 그리웠었다.

"그래."

"흐흐흐흐, 아 해."

강찬은 아무 말 않고 아이스크림을 받아먹었다.

20분쯤 같이 있었고, 택시를 타고 집으로 향했다.

아파트에 들어서면서 김미영의 시선에 담긴 아쉬움을 애써 모른 척했다.

안아 보고 싶었지만, 지금은 아니다.

"잘 가!"

"그래, 일찍 자."

김미영을 들여보낸 강찬은 아파트 현관으로 향했다.

정말 사흘쯤 사라져 버려?

아서라. 일 커진다.

강찬이 집으로 들어섰을 때 강대경과 유혜숙은 잠이 들었는지 온 집안이 조용했다.

제주도 여행이 힘들었던 거다.

강찬은 방으로 들어갔다.

옷을 갈아입은 다음, 간단하게 씻고 나왔는데 뜻밖에도 유혜숙이 잠을 떨치지 못한 얼굴로 거실에 서 있었다.

"주무시는 거 같던데 저 때문에 깨셨어요?"

"아냐. 아들이 보고 싶어서 나왔어. 엄마가 못 기다리고 먼저 자서 미안해."

강찬은 물끄러미 유혜숙을 보았다.

이런 거. 행복이 이런 거 아닐까?

그냥 처음부터 이런 집 아들로 태어나게 해 주지!

"제가 늦었는데요. 얼른 주무세요. 저도 잘게요."
"그래."
유혜숙이 다가와서 강찬의 등을 쓸어 주었다.
그냥 웃음이 나왔다.
"잘 자, 아들."
"안녕히 주무세요."
유혜숙이 잠꼬대처럼 웃고는 방으로 들어갔다.

⚜ ⚜ ⚜

새벽에 일어난 강찬은 최종일과 달리기와 맨손 운동을 함께했다.
"안 쉬어?"
"예?"
"가만 보면 24시간 옆에 있잖아. 집에도 가고 해야지."
"지금 쉬겠다고 하면 다시는 못 돌아올 겁니다."
"왜? 무슨 일 있어?"
최종일이 슬쩍 아파트 입구 쪽을 본 다음 입을 열었다.
"모시고 싶어 하는 놈들이 바글바글합니다. 차동균이가 요원 지원할까 하다가 최 장군님께 엄청 혼난 모양입니다."
피식 웃음이 나오는 답이었다.
"아시겠지만 특수팀은 다 연결됩니다. 이번 작전에 다녀온 대원들하고 지난번 몽골 작전 다녀온 대원들 사이에서 정말 신처럼 떠도는 분이 되셔서 잠시 쉰다고 하면 대신하겠다는 놈이 당장 열 놈 넘게 나타날 겁니다."

가지가지 한다.

"들어갈게. 아침 꼭 먹어!"

강찬은 아파트 현관으로 들어섰다.

운동을 끝내고는 항상 계단을 이용했다. 엘리베이터에 땀 냄새가 갇히는 게 싫어서였다.

현관을 열고 들어서자 유혜숙이 반갑게 맞아 주었다.

"운동 다녀와?"

"예. 피곤은 좀 풀리셨어요?"

"엄마, 어제 흉했지?"

"에이! 어머니는 살짝 졸리실 때 더 예뻐 보이시던데요?"

유혜숙이 밉지 않은 얼굴로 눈을 흘기고는 주방으로 향했다. 씻고 나오자 강대경이 기다리고 있어서 셋이서 밥을 먹었다.

평화로운 아침이다.

"어머니는 요즘 어떠세요?"

"응?"

꺼내 놓고 보니 뜬금없는 질문처럼 들렸다.

"뭐 바라시는 거 없으세요?"

"음! 아들 좀 더 자주 보는 거?"

"아빠는 안 물어보냐?"

"아버지는 어떠세요? 뭐 바라시는 게 있으세요?"

젓가락으로 밥을 뜨면서 강찬이 강대경을 보았을 때였다.

"엄마가 아빠한테 좀 더 관심 갖는 거다."

"이이는! 꼭!"

셋이 웃으며 식사를 마쳤다.

출근 준비를 서두르는 두 사람을 기다리며, 강찬은 거실에 앉아서 TV를 보았다.

뉴스는 여전히 러시아 대통령의 방한을 중요하게 다루고 있었다. 그 와중에 안방에서 유혜숙의 전화가 세 번이나 울렸다.

확실히 재단 일이 바빠진 모양이다.

오늘은 미쉘과 만나서 빌딩을 확인하고, 다음은 축제를 어떻게 도와줄 건지를 고민한 다음?

강찬이 할 일을 정리하고 있을 때였다.

웅웅웅. 웅웅웅. 웅웅웅.

책상 위에 올려 두었던 전화가 울렸다.

번득!

가슴이 두근거린다거나 심장이 내려앉지는 않았다.

그런데 이상하게 독기가 눈뿐만 아니라 머리끝까지 뻗치는 느낌이었다.

'어떤 개새끼들이!'

누군지, 어떤 내용의 통화인지도 몰랐다. 그런데 견딜 수 없을 만큼 분노가 치밀어 오르고 있었다.

강찬은 적을 상대하기 위해 움직이는 것처럼 방을 향해 걸었다.

웅웅웅. 웅웅웅.

전화기를 보았다.

'안느.'

통화 버튼을 누른 강찬은 바로 전화기를 귀에 가져갔다.

"알로!"

[차니! 아빠가! 아빠가 납치된 거 같아!]

강찬은 나직하게 숨을 들이켰다.

[차니! 어떻게 해야 할지 모르겠어! 도와줘! 도와줄 거지?]

"안느."

울음을 터트린 안느가 강찬의 다음 말을 기다리고 있었다.

"대사님은 무조건 구한다. 그러니까 너무 걱정하지 말고, 내가 지금 갈게. 어디야?"

[대사관, 대사관에 있어.]

"알았다. 바로 갈게."

[고마워. 고마워, 차니.]

전화를 내려놓은 강찬은 빠르게 옷을 갈아입었다.

제8장

보고 배운다

옷을 갈아입었지만, 강찬은 방을 나서지 못했다.

사람을 죽일 때나 보이던 눈빛을 강대경과 유혜숙에게 보이고 싶지 않았다.

"아들!"

아니나 다를까, 유혜숙이 부르는 소리가 들렸다.

"저 옷 갈아입어요!"

"그래! 그럼 다녀올게. 아들도 조심해!"

"다녀오마!"

어딜 가는지, 무슨 일을 하는지 묻지 않는다.

이제 고등학생인 아들에게 다른 부모들이 길을 조심해 건너란 것과는 다른 의미로 조심하란 인사를 남긴다.

행복해질 거다.

우선 라노크를 구한 다음, 다시는 주변 사람에게 손대지 못할 만큼 무시무시한 인간이 되어서라도 행복해질 거다.

현관문이 닫히는 소리가 나자 강찬은 바로 전화를 들었다. 라노크의 위치를 파악하려는 거다.

그런데 어플에 라노크의 위치는 잡히지 않았다.

뭐가 문제인 거지?

쯧!

짜증을 털어 낸 강찬은 석강호에게 먼저 전화했고, 다음으로 최종일에게 연락했다.

5분쯤 지났을 때였다.

[두 분이 지금 막 아파트를 빠져나가셨습니다.]

어플을 통해 최종일의 보고가 있었다.

강찬은 서둘러 집을 나섰다.

아파트 입구에 석강호와 최종일이 차를 두고 대기하고 있었다.

"최종일, 프랑스 대사관으로 갈 거야."

"알겠습니다."

강찬이 석강호의 차에 올라타자 차가 출발했다.

"무슨 일이요?"

"라노크 대사가 납치됐단다."

"예에?"

석강호가 놀란 눈으로 강찬을 보았다가 얼른 앞으로 시선을 주었다.

"아니! 그 양반을 어떻게 납치하지? 경계가 보통이 아닌데? 경호요원 놈들은 뭘 했답니까?"

"자세한 건 가서 들어 봐야 알겠다. 안느가 울면서 전화했더라."

석강호는 이해하기 어려운 얼굴이었다.

출근 시간대라 시간이 제법 걸렸지만, 최대한 서둘러 대사관에 도착했다.

강찬을 확인한 요원이 문을 열어 주며 최종일 차를 날카롭게 보았다.

"들어오게 해. 내가 데려왔어."

"알겠습니다, 무슈 강."

강찬과 석강호, 그리고 최종일 일행이 모두 라노크의 집무실로 올라갔다.

"차니!"

손으로 입을 틀어막은 안느가 불편한 걸음으로 강찬을 향해 다가왔다.

"괜찮아, 안느. 괜찮을 거야. 강한 분이시잖아."

안느를 안고 다독인 강찬은 집무실을 둘러보았다.

요원, 그리고 보좌관은 있는데 역시 루이의 모습은 보이지 않았다.

강찬은 안느를 다독여 탁자에 앉게 하고 그 맞은편에 앉았다.

"어떻게 된 거야?"

안느가 보좌관을 보았다.

"라파엘입니다, 무슈 강. 서울호텔에서 중국대사, 한국의 국회의장과 오찬을 마치시고, 잠시 밀담을 나누시겠다고 하신 이후로 연락이 끊겼습니다."

"국회의장? 허하수?"

"그렇습니다, 무슈 강."

"그 새… 그놈이 언제 한국에 들어왔지?"

"무슈 강이 작전 나갔을 때 들어왔습니다."

쥐새끼!

강찬은 이를 악물었다.

"호텔이라면서? 그런데 못 찾는다는 게 말이 돼?"

"무슈 강, 실종 신고를 할 수가 없기 때문에 공식적인 도움을 요청하지 못하고 있었습니다. 전에 대사님께서 하신 말씀이 있으셔서."

"무슨 말인데?"

강찬이 탁자에 놓인 담배를 집는 동안 라파엘이 빠르게 안느를 보았다.

"이런 일이 생긴다면 그 뒤로 한국 대사관의 모든 직원은 무슈 강의 지휘를 받으라고 말씀하셨었습니다. 무슈 강에게 먼저 보고하고 어떤 결정을 하든, 무슈 강의 말씀을 따르라고."

한숨을 내쉬자 담배 연기가 길게 뿜어졌다.

염병할!

구렁이가 이렇게까지 믿어 주고 있는 줄은 몰랐다.

"일단 나와 함께 온 요원들 대기할 곳을 정해 줘. 이 방에 있을 수 있으면 더 좋고."

말을 마친 강찬은 최종일을 보았다.

"무기는?"

"차에 있습니다."

강찬은 바로 라파엘을 보았다.

"나부터 여기 요원들에게 권총 5자루, 그리고 총마다 탄창 4개씩 준비해 줘."

라파엘은 상관을 대하는 태도로 강찬의 지시를 곁에 선 요원들에게 전했다.

"루드비히, 반트, 그리고 바실리의 전화번호를 찾아줘."

"무슈 강, 괜찮으시면 책상을 이용하십시오. 그곳에 직통 전화가 있습니다. 연결은 제가 하겠습니다."

뜻밖의 제안이라 강찬이 답을 못했는데 안느가 빠르게 고개를 끄덕였다.

일단 라노크를 구하고 본다.

강찬이 책상으로 움직였다. 자리에 앉자 라노크가 뒤에서 지켜보는 느낌이었다.

그사이 요원 서넛이 탁자와 의자를 가져와 석강호와 최종일 일행을 앉게 했고, 차와 재떨이, 그리고 권총 5자루를 올려 주었다.

이런 건 고민하면 안 된다.

허하수가 라노크를 납치할 정도의 인물이라고?

웃기는 소리다.

강찬은 먼저 전화기를 꺼내 김형정에게 전화를 걸었다.

[강찬 씨, 김형정입니다.]

"팀장님, 길게 설명드리기 어렵습니다. 지난번 스위스 작전 나갔던 한국의 특수팀이 필요할지 모릅니다. 전원 무장하고 대기해 주었으면 합니다."

김형정은 잠시 멈칫한 다음 답을 했다.

[이유를 설명하기 곤란한가요?]

"그렇습니다."

[원장님과 통화한 후, 바로 답을 드리겠습니다.]

"꼭 했으면 하는 일이라고 전해 주십시오."

[알겠습니다.]

고맙게도 김형정은 다른 말을 하지 않았다.

전화를 끊은 강찬은 라파엘을 향해 고개를 들었다.

"외인부대 전체 비상령을 한 번 더 내리고 싶다. 지난번 몽골 작전 나갔던 특수팀은 바로 한국으로 출발시키고. 누구에게 말하면 되지?"

"대사님이 직접 하시지 않으면 어렵습니다."

라파엘이 곤란한 얼굴을 지었다.

"좋아. 그럼 우선 루드비히를 연결해 줘."

라파엘이 책상에 있던 전화기를 들어 번호를 눌러 주었다.

두루루루. 두루루루. 두루루루.

수화기를 귀에 대자 신호음이 울렸다.

[라노크! 이 시간에 어쩐 일인가?]

"루드비히, 한국의 강찬입니다."

놀랐는지 루드비히의 답이 없었다.

"부탁이 있어서 전화했습니다."

[라노크에게 일이 생겼습니까?]

"그런 모양입니다. 도움이 필요합니다."

[흐- 음, 내용을 먼저 알 수 있을까요?]

"KSK 비상령, 그리고 3개 구대의 지휘권이 필요합니다."

[후우!]

루드비히는 잠이 확 깬 것처럼 커다랗게 한숨을 내쉬었다.

[목표는 어딥니까?]

"중국입니다."

[흐허허.]

기가 막힌 모양이었다.

[강찬 씨, 지금 말씀하신 것에 대한 무게를 알고 있습니까?]

"루드비히."

강찬의 음성이 달라지자 루드비히는 다시 침묵으로 맞섰다.

"도와주든, 도와주지 않든 나는 움직입니다. 만약, 누구라도 라노크 대사를 다치게 한다면, 난 그 명령을 내린 관계자 모두를 반드시 응징할 겁니다. 정보국 사이에서 내 결정이 어떤 의미인지보다 라노크 대사의 안위가 내겐 더 중요합니다."

전화기 건너편에서 아직 답은 없었다.

"루드비히, 뜻은 알았습니다. 다만, 이 시간 이후로 당신은 내 친구가 아닙니다."

강찬은 바로 전화를 끊었다.

냉정한 새끼들!

생각보다 일이 지지부진하다.

강찬은 시선을 들어 라파엘을 보았다.

"자비에가 어디 있는지 알지?"

"알고 있습니다."

"프랑스 요원 한 명 붙여 줘."

말을 마친 강찬은 최종일을 보았다.

"프랑스 요원이 안내해 줄 거다. 가서 자비에란 놈을 잡아와. 총을 가졌고, 특수훈련을 받은 놈이니까 조심하고. 총을 쏘든 팔을 자르든 상관없으니까 살려서만 데려와."

"알겠습니다."

최종일이 순순히 답을 하고 자리에서 일어났다.

강찬의 고갯짓을 받은 라파엘이 방에 있던 요원에게 내용을 설명한 직후였다.

직통전화가 울렸다.

라파엘과 시선을 마주친 강찬은 직접 전화를 들었다.

"알로!"

[강찬 씨, 루드비히요.]

이번엔 강찬이 침묵을 지켰다.

그사이 요원 한 명과 최종일 일행이 무기를 챙겨 집무실을 나섰다.

[이 나이가 되면 어떤 일을 결정하기 전에 계산을 먼저 하게 됩니다. 이곳은 지금 새벽 2시요. 자다가 느닷없이 그런 제안을 들으면 누구나 시간이 필요하지요.]

강찬은 계속해서 대꾸하지 않았다.

우습게도 라파엘이 찻잔에 차를 따라서 강찬의 앞에 놓아주고 있었다.

[KSK에 비상령을 내렸소. 지금쯤 유럽의 정보국이 신경을 날카롭게 곤두세웠을 겁니다. 원하는 3개 구대는 어떻게 하면 됩니까?]

됐다! 우선 하나는 된 거다.

강찬은 터져 나오는 한숨을 들리지 않게 하려고 고개를

돌렸다.

"고맙습니다, 루드비히. 3개 구대는 따로 지시를 내리겠습니다. 대신 지휘권을 갓 오브 블랙필드가 갖는다고 알려주십시오."

[알겠소, 강찬 씨. 살면서 라노크가 부럽다고 느끼다니! 좋은 결과를 바랍니다.]

전화를 끊자 갑자기 담배 생각이 간절했다. 그런데 라파엘이 재떨이와 담배를 가져다주었다.

"대사님께선 꼭 이런 순간에 시가를 즐기시곤 했습니다."

피식.

강찬은 담배를 입에 물고 불을 붙인 다음, 바실리에게 전화를 연결해 달라고 했다.

라파엘이 번호를 누른 다음, 수화기를 건네주었다.

뚜루루루.

[라노크, 바실리다.]

이 새끼는 벨이 한 번 울렸는데 전화를 받았다.

"바실리, 강찬이다."

약속이라도 한 것처럼 바실리도 침묵을 들고 나왔다.

"대사님께 말을 전해 들었지. 후우, 중재를 원한다던데 맞나?"

[흐음, 새벽 4시에 전화할 만큼 급한 요구인가?]

개새끼! 벨 한 번에 전화를 받을 만큼 급하면서 여유 부리기는!

"스페츠나츠 3개 구대가 필요해. 꼭 죽이고 싶은 놈이 있어서. 이건 중재와 관련 없이 내가 필요해서 그런 거다."

[후후후.]

바실리의 기막혀 하는 심정이 웃음을 타고 고스란히 전달되었다.

[이유나 들어 볼까?]

"중국."

[허어! 아예 세계대전이라도 일으킬 생각인가?]

"그렇진 않아, 바실리. 사실 자고 나서 독한 마음이 생기더라구. 왜 멀쩡한 내 목을 노리는 놈들이 주변에 자꾸 생기는지 말이야."

말을 하다 보니까 실제로도 화가 치밀어 올랐다. 안느는 이미 눈물을 그치고 강찬에게 집중하고 있었다.

"한꺼번에 다 상대하기는 어려워서 한 놈만 집중적으로 때리려고 하는 거다. 어떻게 할래?"

[강찬, 내가 약점을 보였다고 러시아와 한국이 대등하다는 생각을 해서는 곤란해.]

"조만간 알게 될 거다, 바실리."

[나에게 협박하는 사람을 다 보는군.]

"그렇다면 중재는 없던 걸로 하지."

[라노크는 어디 있나?]

기습적으로 날아든 질문이었다. 그러나 어차피 숨길 생각은 없었다.

"내가 왜 중국을 때리겠다는 생각을 하겠나? 바실리?"

[후후후.]

바실리의 웃음 사이에 무언가 알지 못할 느낌이 있었다.

[좋은 방법이야. 그래서 루드비히가 먼저 움직였군. 알았다. 대신 내게 신세를 졌다는 것만은 분명히 하자.]

"인정하지, 바실리."

[루드비히와 같은 조건으로 하지. 스페츠나츠 전원 비상령, 3개 구대의 지휘권. 이러면 되겠나?]

무서운 새끼.

그새 독일의 움직임을 알아챈 거다.

"고맙다, 바실리."

[살면서 무서운 인간을 두 번째 보는군. 독일에 이어 러시아의 비상령이 내려진다면 유럽 전체와 미국도 비상령이 떨어져. 아차 하는 순간에 정말 전쟁이 벌어진다. 결과는 누구도 예측 못해.]

"알았다."

전화를 끊은 강찬이 의자에 등을 기댔을 때였다.

"무슈 강, 지금 러시아까지 비상령을 내리신 겁니까?"

라파엘이 긴장한 얼굴로 질문을 던졌다.

"독일과 러시아의 비상령이라면 정보총국에서도 따를 수

밖에 없을 겁니다. 한번 통화해 보시겠습니까?"

"아직 대사님의 실종을 모르고 있을 텐데?"

"이미 비상령이 내려졌다면, 반드시 반응할 것입니다."

강찬은 고개를 끄덕였다.

말을 알아듣지 못하는 석강호가 심오한 표정으로 차를 마시고 있었다.

번호를 누른 라파엘이 또 수화기를 건네주었다.

"갓 오브 블랙필드라고 하시는 것이 설명이 쉬울 겁니다."

수화기를 귀에 대는 순간에 '알로?' 하는 소리가 들렸다.

"갓 오브 블랙필드입니다."

[그런데 왜 이 번호를 사용하지요?]

바닥에 쫙 깔리는 음성이었다.

"대사님의 신변에 문제가 생겼습니다. 독일과 러시아의 특수군 비상령은 그것 때문입니다. 프랑스도 움직여 주었으면 싶습니다."

[무슈 강이 대사님의 수신 위치를 확인한 후에 벌어진 일들이 이것 때문이었군요. 무얼 원하십니까?]

"프랑스 외인부대 비상령, 그리고 특수팀 3개 구대 지휘권."

[알겠습니다. 특수팀의 지휘권은 어떻게 운용하겠습니까?]

"지금은 대기만 해 주면 됩니다."

[목표 지역을 알 수 있겠습니까?]

"중국입니다."

역시나 기가 막힌 모양인지 당장 반응은 없었다.

[준비하겠습니다. 1분이면 됩니다.]

"고맙습니다."

전화를 끊었다.

강찬이 찻잔을 들어 차를 한 모금 마시고, 담배를 물었을 때였다.

시선을 돌리다가 안느와 눈이 마주쳤다.

"아빠 젊을 때 모습과 똑같아요, 차니."

강찬은 피식 웃고 말았다.

"아빠가 그랬어요. 한번 마음먹으면 무르는 법이 없었어요. 그리고 통화가 끝나면 지금처럼 차와 시가를 즐겼구요."

이런 걸 뭐라고 대꾸할까?

강찬이 담배에 불을 붙였을 때다.

웅웅웅. 웅웅웅. 웅웅웅.

김형정에게서 전화가 왔다.

"여보세요?"

[강찬 씨, 1공수, 3공수, 5공수, 35여단, 606 특수팀 전원 비상대기입니다. 앞으로 5분만 지나면 북한 특수군도 전원 비상대기에 들어갈 겁니다. 참고하십시오.]

"고맙습니다, 팀장님."

[이 일이 대한민국에 도움 되기를 바랍니다.]

그렇구나!

전화를 끊으며 강찬은 새롭게 배우는 것이 있었다. 어떤 일이든 그것과 관련된 이들의 이익을 생각하는 것!

물론 당장은 그런 걸 계산할 자신은 없다.

급하게 일을 저지르고 봤는데 나름 나쁘지 않은 방법이란 생각이 들었다.

안느와 라파엘의 표정에 담긴 기대감이 그랬다. 물론 석강호는 지루함과 싸우는 표정이었지만 말이다.

강찬이 스페츠나츠와 마주쳐 싸우고 있을 때, 라노크가 사용한 방법이었다.

건드리면 전쟁도 불사하겠다.

강찬은 이것이 도박이라고 생각했다.

가진 것을 다 던지는 도박.

이래서 라노크를 되찾지 못하면 입장이 정말 난처해진다.

당장 중국의 누굴 때리겠나?

그렇다고 전쟁을 일으킬 수도 없다.

뚜르르르. 뚜르르르. 뚜르르르.

전화벨 소리와 함께 긴장과 버무려진 침묵이 깨져 나갔다.

라파엘을 바라본 강찬은 직접 전화를 들었다.

"알로?"

[정보총국입니다. 중국의 6개 지역에 있는 SW가 비상대기에 들어갔습니다.]

반응은 바로 왔다.

물론 라노크를 납치한 게 중국이 아닐 수 있다.

 그런데 중국이 정말 아니더라도 라노크를 납치한 놈들을 찾아낼 의무도 중국에 있는 거다.

 중국 입장에선 억울한 거 아니냐고? 그러기에 왜 허하수와 손을 잡고 지랄을 떨어 대냐는 말이다.

 중국 대사와 허하수를 만나고 오는 길에 사고가 났다.

 한국에도 죄가 있는 거 아니냐고?

 중국이 허하수를 그렇게 생각할 리가 없다.

 그러니 중국 정도 되는 강대국이라면 알아서 해 줘야 하는 거다.

 라노크를 납치한 범인을 찾아내거나, 아니라면 강찬을 죽여 버리거나.

 이미 내지른 일이다.

"여섯 곳의 정확한 위치와 인원을 파악해 주세요."

 [무슈 강, 정보는 파악하는 대로 알려 드리겠습니다. 하지만 중국 본토에 들어가는 것만큼은 무슈 강의 명령으로 되지 않습니다.]

"알겠습니다. 우선 정보부터 주세요."

 전화를 내려놓자 라파엘이 다시 차를 따라 주었다.

 강찬은 책상 위에 세운 팔에 이마를 걸치고 있었다. 공트자동차 발표회장에서 라노크를 처음 만났을 때가 떠올랐다.

⚜ ⚜ ⚜

전화 몇 통 하면서 한 시간이 훌쩍 지나가 버렸다.

그사이 건물을 언제 보러 갈 건지를 확인하기 위한 미셸의 전화가 있었는데 강찬은 일단 뒤로 미뤘다.

시계를 보았을 때 11시 20분이었다. 이 정도면 반응이 있어야 한다.

웃기는 것은 안느와 라파엘이다.

두 사람은 강찬의 모습을 보며 완벽하게 안정을 되찾은 모습이었다.

서울호텔을 뒤질 걸 그랬나? 김형정에게 부탁하면 충분히 가능한 일이다.

그러나 그런 섣부른 행동이 라노크의 생사를 결정지을지 모른다는 생각에 전화를 들지 못하고 있었다.

똑똑똑.

강찬이 책상에 올린 손으로 이마를 짚어 가며 계산을 하고 있을 때 노크가 들렸다.

시선을 드는 순간 자비에의 모습이 보였고, 뒤따라 최종일과 우희승, 이두범이 들어왔다.

피식.

최종일은 몰라도 우희승은 분명 왼쪽 볼이 부어 있었다. 대신 자비에는 얼굴과 셔츠가 온통 피투성이였다.

"의자 좀."

라파엘이 책상 앞으로 의자를 놓아주었다.

자비에가 불만 가득한 눈빛으로 강찬의 맞은편에 자리했다.

"이렇게 나오는 건 우리 조직에 대한 예의가 아닙니다. 당신이 얼마나 강한지 모르겠지만, 조직 전체가 나서면 적어도 당신 주변은 무사하지 못할 거란 말입니다!"

"자비에, 그 잘난 조직 이야기는 그만하자."

강찬은 손수건으로 얼굴을 닦는 자비에를 똑바로 바라보았다.

"내게 원하는 게 뭡니까?"

"네가 미국의 요원이라는 사실은 이미 알고 있다. 허하수에게서 군사기밀을 얻으려 한다는 것도."

"흥! 영화를 너무 보셨군."

강찬은 작게 고개를 저었다.

"자비에, 내가 부탁할 건 꼭 한 가지다. 허하수와 연결된 중국 쪽이든, 미국 정보국이든, 상관없으니까 라노크 대사를 찾아오는 일."

"나는 라노크가 어디 있는지 모릅니다!"

"찾아내."

강찬이 나직하게 건넨 말에 자비에가 피식 웃었다.

"이런 건 도움이 안 되는 일입니다. 정보전은 함부로 끌어

다가 협박한다고 되는 게 아닌 겁니다."

"지금껏 어떻게 했는지 그런 건 상관없어. 내가 원하는 건 라노크 대사가 손가락 하나 다치지 않고 이 집무실로 돌아오는 것, 그것뿐이다."

강찬은 매서운 눈빛으로 자비에를 노려보았다.

"내가 가장 못 견디는 일이 벌어졌다. 그러니 점잖게 협조를 요청할 때 들어줬으면 좋겠다, 자비에. 이 시간이 지나서 내 인내심이 무너지면 작전을 시작할 거다. 중국? 미국? 영국? 어디든 이 일에 끼어든 놈들은 모조리 응징을 가해 주마."

"당신은 아직 그럴 힘이 없습니다."

강찬은 갑자기 쓸데없는 말싸움을 하고 있다는 생각이 들었다.

이런 걸 원한 건 아니다.

뚜루루루. 뚜루루루.

책상 위의 전화가 울려서 강찬은 곧바로 수화기를 들었다.

"알로?"

[중국의 6개 지역에 대한 정보를 암호로 변환해서 대사관에 보냈습니다.]

"고맙습니다."

강찬이 전화를 끊으려고 할 때였다.

[갓 오브 블랙필드, 만약 러시아와 독일의 특수군을 중

국으로 파견하면 누구도 막지 못할 전쟁으로 발전할 수 있습니다.]

나직한 음성에 걸맞은 경고가 수화기를 타고 들려왔다.

[정보총국에서 총력을 다하고 있습니다. 그럼에도 갓 오브 블랙필드의 판단이 특수팀을 파견해야 라노크 대사를 구할 수 있다면 그 결정에 따르겠습니다.]

"알겠습니다. 결정되면 전화드리죠."

전화를 내려놓은 강찬은 나직하게 숨을 내쉬었다.

더 시간을 끄는 건 무의미하다. 때린다고 했으면 때리는 게 맞는 거다.

웅웅웅. 웅웅웅. 웅웅웅.

책상에 올려 두었던 강찬의 전화가 울렸다.

"여보세요?"

[강찬 씨, 북한이 전군 전투태세에 돌입했습니다. 일본 자위대는 1급 경계령이 내려졌구요. 원장님께서 강찬 씨의 의사를 알고 싶어 합니다.]

"팀장님."

[말씀하십시오, 강찬 씨.]

"한 번 얻어맞을 때 참으면, 상대는 반드시 또 주먹질을 합니다. 그리고 그런 일이 반복되면 때리는 쪽이나 맞는 쪽이나 그걸 당연하게 여기죠. 저는 그런 일을 없애고 싶습니다."

[그렇게 말씀드리면 되겠습니까?]

"예. 그게 제 뜻입니다."

김형정과 전화 통화를 끝냈을 때 요원 한 명이 서류를 들고 들어왔다.

중국 지도 위에 붉은색 점 6개가 표시되었고, 각 지역의 이름이 적혀 있었다.

서류를 들여다보던 강찬이 자비에를 향해 눈만 위로 치켜떴다.

"중국의 대사와 허하수가 참석한 조찬을 마친 이후에 대사님의 행방이 묘연해졌다. 허하수는 너에게 군사기밀을 전하려 했던 놈이고."

뚜루루루. 뚜루루루. 뚜루루루.

말을 하던 강찬은 전화기를 들었다.

"알로?"

[갓 오브 블랙필드와 통화를 요청합니다.]

처음 듣는 목소리였다.

"누구십니까?"

[영국의 이튼입니다.]

영국이라?

그렇지 않아도 내내 신경이 거슬렸던 놈들이다.

[갓 오브 블랙필드입니까?]

"맞아."

답을 하는 것과 동시에 나직한 한숨이 들려왔다.

[당신을 만나고 싶어서 라노크에게 중재를 요청했었지요. 당신의 존재가 우리에게도 절박합니다. 우리도 당신을 돕겠습니다.]

뜻밖의 상황이었다.

그러나 프랑스를 선제공격하려던 영국이고, 아직 정식 인사가 있기 전이어서 함부로 손을 내밀기는 곤란했다.

[우선 SAS와 SBS의 전원 비상령을 내리고, 그 지휘권을 갓 오브 블랙필드에게 드리겠습니다.]

"부담스러워. 그건 나중에 의논하기로 하지."

[일단 준비는 해 놓겠습니다. 그리고 혹시 정보를 얻는 것이 있다면 바로 연락드리지요.]

강찬과 통화가 이루어진 것에 만족한 느낌을 전하며 통화가 끝났다.

거만하게 피를 닦던 자비에가 강찬의 눈치를 살폈다.

이제는 더 망설일 것이 없는 거다.

강찬은 담배를 꺼내 물었다.

찰칵.

시선을 돌려 라파엘을 시작으로 최종일, 석강호, 그리고 마지막으로 안느를 보았다.

이 결정으로 어떤 결과가 나올지 모른다. 하지만 언제까지 두들겨 맞으며 지낼 수는 없다.

골프장에서의 테러, 발표회장의 테러가 있은 지 불과 몇 달밖에 지나지 않았는데 또 라노크가 납치됐다.
 강찬은 단호한 표정으로 라파엘을 향해 고개를 돌렸다.
 "바실리를 연결해 줘."
 라파엘이 빠르게 단축 번호를 눌러 주었다.
 두루루루.
 [강찬, 바실리다.]
 그러고 보니 이 새끼는 밤을 꼴딱 새운 거다.
 "바실리, 정보국을 통해 알려 줄 곳에 중국의 SW가 있다. 전원 사살 부탁한다."
 [후- 우.]
 크고 기다란 숨소리가 들렸다.
 [이건 곤란해.]
 "그렇다면 영국과 의논하지. 이튼은 바로 출발하겠다고 하던데?"
 [이튼? 그 더러운 영국 놈과 통화했었나? 그놈의 조건을 함부로 받아들여선 안 돼!]
 "결정은 내가 해, 바실리. 그러니 답을 먼저 줘."
 [하아! 알았다. 바로 움직이겠다.]
 "결과를 기다리지."
 전화의 연결 버튼을 누른 강찬은 다시 라파엘에게 루드비히의 연결을 부탁했다.

두루루루.

[루드비히요, 강찬 씨.]

"제가 보내 드릴 중국 지역에 SW가 대기 중입니다. 전원 사살을 부탁합니다."

[흐- 으음.]

반응은 비슷했다. 루드비히가 마지막에 침을 삼키는 소리를 붙인 것만 달랐다.

[강찬 씨, 따른다고는 했지만, 이 부분은 정말 다시 생각해 보는 것이 맞습니다.]

루드비히의 마음이 변했다기보다는 진심으로 염려하는 느낌이었다.

"이미 러시아가 동의했고, 영국도 참가 의사를 밝혔습니다. 루드비히, 이 상황에서 물러나면 내가 망신당하는 것으로 끝나는 게 아니라, 대사님을 영영 잃을 수도 있습니다."

[영국이 연락을 했습니까?]

"이튿이라고 하더군요."

[교활한 인간이 또 잔꾀를 부리려는 거군요. 후우! 알겠습니다. 강찬 씨의 뜻을 받아들이지요. 부디 신의 가호가 이번 작전에 함께하기를 빌겠습니다.]

강찬이 전화를 끊고 휴대폰의 통화 버튼을 누를 때 자비에는 넋이 빠진 얼굴이었다.

[김형정입니다.]

"팀장님, 국가정보원으로 중국의 지역을 보내 드릴 겁니다. 프랑스, 러시아, 독일과 합동작전입니다. 특수팀을 그곳으로 보내 주세요. 목표는 중국 특수팀 SW 전원 사살입니다."

한숨이 아니라 마른침을 삼키는 소리만 들렸다.

"프랑스 특수팀이 도착할 시간을 알려 드릴 테니 합류해서 이동하는 걸로 하지요."

[우선 보고하겠습니다. 그런데 프랑스, 러시아, 독일과 합동작전이 맞습니까?]

"예. 이미 출발한 나라도 있습니다. 그리고 영국은 요청만 한다면 바로 참가하겠다는 의사를 밝혀 왔습니다."

감정을 억지로 자제하는 듯한 숨소리가 들린 후에 전화가 끊겼다.

강찬은 라파엘을 보았다.

"정보총국."

안느의 긴장한 표정 앞에서 라파엘이 전화를 연결했다.

[말씀하십시오.]

"러시아, 독일에 SW가 있는 지역의 정보를 나눠서 보내 주세요. 그리고 나머지 한 곳을 정해 외인 특수팀이 공격합니다. 출발해서 오산 공항에 도착할 때 대한민국의 특수팀과 합류하면 됩니다."

[승인 신청을 하고 바로 알려 드리겠습니다.]

강찬이 전화를 끊은 다음 등받이에 의자를 기댔다.

내 사람을 건드리면 그 상대방이 누구든 넌덜머리가 나고, 소름이 끼쳐서라도 절대로 자신의 주변은 건드리면 안 된다는 교훈을 남겨 줄 결심이었다.

강찬은 팔을 뻗어 담배를 집었다.

찰칵.

라이터를 켜서 불을 붙일 때 안느가 일어나 불편한 걸음으로 다가왔다.

뭐지? 왜 그러지?

책상으로 다가온 안느는 얌전한 소녀처럼 차를 따랐다.

강찬은 그녀의 눈에 담긴 신뢰를 보았다.

'잘될 거다. 그러니까 너무 걱정하지 마.'

'고마워요.'

안느가 자리로 돌아가 앉았다. 고마움을 표시하고 싶었던 게 분명했다.

"전화를 해도 되겠습니까?"

강찬이 담배 연기를 뿜을 때 자비에가 조심스럽게 질문을 던졌다.

"늦었어, 자비에. 이미 작전이 시작되었는데 네가 은어를 이용해 내용을 전하면 애꿎은 아군만 희생돼. 다시 말하지만, 이 작전에도 불구하고 라노크 대사에게 무슨 일이 생긴다면, 나는 영국과 손을 잡아서라도 미국을 응징할 거다. 그러니 얌전히 대사님이 무사히 돌아오길 기다려."

"그렇다면 날 왜 이 자리에 계속 두는 겁니까?"

강찬은 재미있다는 표정으로 자비에를 보았다.

"넌 대한민국의 군사정보를 빼돌리려던 스파이로 한국의 국가정보원이 체포한 놈이야."

자비에는 믿을 수 없다는 표정이었다.

"왜? 미국의 스파이를 대한민국은 건드리지 못할 거라고 여기는 거냐? 까불지 마."

"특수부대를 움직이는 것과 국제 정세는 전혀 다르다는 것을 당신은 이해하지 못하는 겁니다."

"그럴 수도 있지."

강찬은 고개를 끄덕였다.

"하지만 그래도 넌 군사기밀을 빼내려던 스파이야. 국제 정세가 어떻게 돌아가든 그건 변함이 없어."

그는 책상에 팔을 걸친 채로 라파엘을 보았다.

"마음 놓고 테러를 해도 얌전히 당하기만 하고, 너 같은 놈이 군사기밀을 빼 가도 체포하지 못할 거라고? 자비에, 헛된 생각은 버리는 게 좋아."

강찬이 담배를 재떨이에 끈 후에 차를 한 모금 마셨을 때였다.

뚜루루루. 뚜루루루. 뚜루루루.

강찬은 자비에를 노려본 채로 수화기를 들었다.

[외인부대 특수팀 출발했습니다. 12시간 후에 오산에 도착합니다. 그 외에 독일, 러시아의 특수팀이 출발했습니다. 갓 오브 블랙필드, 참고로 중국은 전군 비상령을 내렸습니다. 그래도 계속하실 셈입니까?]

강찬은 자비에를 보고 피식 웃었다.

"프랑스의 요인이 납치된 거다. 프랑스가 빠지고 싶다면 그건 상관없다. 하지만 왜 내 말에 독일, 러시아, 그리고 한국의 특수팀이 움직이는지 정도는 계산해 두는 것이 좋겠다. 오늘의 정보총국은 약간 실망스러워."

[참고 자료를 말씀드렸을 뿐, 특수팀은 출발했습니다. 오해가 없으시길 바랍니다.]

"고마워."

말투를 바꾼 강찬은 수화기를 내려놓았다.

"전화하게 해 주시오!"

"시끄러워."

"이대로 나가면 전쟁이 일어납니다! 대한민국은 불바다가 된다구요!"

강찬이 고개를 비틀며 노려보자 자비에가 움찔했다.

"불바다? 그런데 이 개새끼가?"

권총으로 이마를 쏴 버리고 싶을 것을 억지로 참고 있을 때였다.

웅웅웅. 웅웅웅. 웅웅웅.

전화가 와서 차라리 잘됐다는 생각마저 들었다.

"여보세요?"

[강찬 씨, 정보총국에서 연락받았습니다. 원장님의 재가도 떨어졌구요. 오산에서 합류할 겁니다.]

"고맙습니다. 최선을 다하겠습니다."

전화기를 내려놓자 모든 것이 끝났다는 생각이 들었다.

이젠 돌이킬 수도, 돌이켜서도 안 되는 일이 돼 버렸다.

때릴 때는 그냥 때리고 보는 거다.

뒤 계산하고, 나중 생각하면 계속 얻어맞으면서 지낼 수밖에 없다. '저 새끼는 건드리면 손해다.'라는 생각이 박히면 절대로 함부로 손을 뻗지 못한다.

자비에는 당황하고 놀란 표정이었다.

저게 중국과 미국의 심정일 거다.

그런데도 놈들은 책상 위에 놓인 전화로 연락을 하지 않는다. 국가기밀을 빼 가려던 요원을 풀어 주고 중국에 대들지 말라고 협박하는 꼴이다.

개새끼들.

끝까지 버티면서 결국은 강찬, 아니 대한민국이 전처럼 머리를 숙이고 들어오길 바라는 거다.

왜 얌전히 얻어맞지 않느냐고 따지고 싶겠지.

일진 새끼들처럼 말이다.

⚜ ⚜ ⚜

"각하! 전화는 받으시는 것이 맞습니다."

돔 형태의 천장에 띠를 두른 것처럼 조명이 있는 회의실이다.

마이크를 켜지 않은 채로 부원장이 입을 열었다.

"이건 대한민국의 존망이 달린 문제입니다. 일개 학생입니다. 그런 아이에게 국가의 거의 모든 권한이 넘어가 있습니다. 이번 작전의 승인은 두고두고 짐이 될 것입니다. 각하! 우리는 지정학적으로 중국과 미국의 보호를 받지 못하면 살아남기가 어렵습니다."

문재현은 대꾸하지 않은 채 마이크에 시선을 주고 있었다.

전화를 확인한 국가정보원 4차장이 조심스럽게 문재현을 보았다.

"중국과 미국이 계속 각하와 통화를 요청하고 있습니다. 미국은 벌써 세 번째 요청입니다."

문재현이 고개를 돌렸다.

"그 전화를 받으면 우리 특수팀을 보내지 말라고 할 게 아닙니까?"

"각하, 고등학생입니다. 지금 어린아이가 게임을 하는 것처럼 특수군을 중국에 뿌리고 있는 겁니다. 만약 전쟁으로 비화하면 컴퓨터처럼 끈다고 해서 일이 해결되지 않습니다."

문재현의 질문을 부원장이 받았다. 그럼에도 문재현은 개의치 않는다는 표정으로 부원장을 대했다.

"전쟁으로 비화할 확률은 얼마나 되지요?"

"국방부 시뮬레이션 결과는 47대 53, 국가정보원 시뮬레이션 결과는 52대 48의 확률입니다."

약속이나 한 것처럼 모두 나직하게 한숨을 내쉬었다.

"지금이라도 통화를 하셔야 합니다. 미국, 중국이 독하게 마음먹으면 우리나라는 경제 기반부터 완전하게 무너집니다."

"유라시아 철도 때문에 함부로 그러긴 어렵지요."

"만약 라노크가 이미 죽었다면 유라시아 철도도 장담할 수 없게 됩니다."

"그러니까 라노크 대사를 살리는 데 힘을 합해야 하는 게 아니겠습니까? 일단 조금 더 지켜봅시다."

문재현의 답변에 부원장은 노골적으로 못마땅한 기색이었다.

⚜   ⚜   ⚜

[루드비히?]

"바실리가 전화를 다 하고, 일이 크긴 큰가 보군."

루드비히는 피곤이 가득한 눈을 엄지와 검지로 누르면서 방금 걸려 온 전화에 신경을 곤두세웠다.

[우리의 새로운 영웅께서 워낙 흥분한 상태여서 말이지. 거절하자니 영국과 손을 잡을 거고, 뜻대로 하자니 결과가 엄청날 것 같은데, 자네 생각은 어떤가?]

"간단한 문제를 어렵게 설명하는군. 중국이 라노크만 내놓으면 끝날 일을 지금까지 침묵하면서 키우고 있는 거지. 흥분한 건 우리가 아니라 중국인 거야, 바실리."

루드비히가 머그잔을 들어 커피를 입에 물었다.

[중국은 한국 정부를 압박하려는 모양인데?]

급하게 머그잔을 뗀 루드비히가 인상을 찌푸렸다.

"바실리, 강찬이란 인물에 대해서는 대충 알 것 같은데? 그에게 라노크가 어떤 의미인지도? 내가 중국 담당이라면 빨리 라노크를 제자리로 돌려놓고 강찬과 한국 정부에 사과와 보상을 할 거다."

[그 수가 최고겠지?]

"중국은 벌써 세 번째 한국에서 테러를 저질렀다. 바실리 자네라면 벌써 응징을 했겠지. 그동안 알고 있던 한국과 지금의 한국은 달라. 문재현과 강찬의 호흡 또한 환상적이다. 그들을 상대로 이전처럼 대했다간 누구라도 후회하게 될 거야. 지금의 중국과 미국처럼 말이지."

바실리의 깊은 한숨과 함께 통화가 끝났다.

❧   ❧   ❧

뚜루루루. 뚜루루루. 뚜루루루.

직통전화가 울려서 강찬은 수화기를 들었다.

[강찬 씨, 미국과 중국이 내게 연락을 해 왔소. 중재를 부탁하는데 뭐라고 하면 좋겠소?]

루드비히였다.

"내 조건은 간단합니다, 루드비히. 라노크 대사가 무사히 돌아오는 것, 그리고 이번 사태에 대한 확실한 책임과 배상."

[알았습니다.]

전화를 내려놓자 안느와 라파엘의 입이 잘게 떨리는 것이 보였다.

뚜루루루. 뚜루루루. 뚜루루루.

"알로?"

[바실리다. 중국이야 그렇다 쳐도 왜 미국이 저렇게 발등에 불이 떨어진 것처럼 난리지?]

"바실리, 내가 원하는 건 잘 알 텐데."

[언젠가 시간이 지난 다음, 지금을 되돌아보게 되면 뼈저리게 후회하거나 등골이 오싹할 거다.]

"그건 나중 얘기야, 바실리. 내가 원하는 것이 이루어진 다음에."

[하여간 등장부터 그렇더니 어떤 일이고 관심을 집중시키는 것 하나는 끝내주는군. 또 연락하지.]

강찬은 전화를 내려놓고 석강호를 보았다. 이제 남은 것은 기다리는 일뿐이었다.

뚜루루루. 뚜루루루. 뚜루루루.

직통전화가 또 울렸다.

염병할!

수다쟁이들도 아니고, 작전을 시작했는데 뭔 놈의 전화질을 이렇게 해 대는 거야!

강찬은 팔을 뻗어 수화기를 들었다.

"알로?"

[갓 오브 블랙필드요?]

처음 듣는 음성이었다.

10권에 계속